La española inglesa
El celoso extremeño

La española inglesa
El celoso extremeño

Miguel de Cervantes

Biblioteca de EL SOL

BIBLIOTECA DE **EL SOL**

Editor: Germán Sánchez Ruipérez

Edición: Juan Diego Pérez González
Producción: José Luis Navarro
Diseño: Rodrigo Sánchez

Cubierta: Rodrigo Sánchez, sobre dibujo de C.C. Nieto

Equipo editorial: Cristina Castrillo
Paloma Sánchez

Introducción: Ángel Basanta
Notas: Harry Sieber

La Compañía Europea de Comunicación e Información, S.A., editora del diario EL SOL, expresa su agradecimiento a Ediciones Cátedra por su cortesía y colaboración, que han hecho posible la publicación de este libro.

ISBN: 84-7969-178-6
Depósito legal: M-35.426-1991
Impreso por: Altamira, S.A.I.G.

Novelas ejemplares: La española inglesa y El celoso extremeño

«LA ESPAÑOLA INGLESA»

La española inglesa es la cuarta de las *Novelas ejemplares* en el orden que Cervantes les dio en la colección. Se sitúa entre *Rinconete y Cortadillo y El licenciado Vidriera*. Y es fácil apreciar que el contraste establecido por los bajos fondos del hampa sevillana en *Rinconete y Cortadillo* con respecto al idealismo, amor y aventuras de las dos primeras (*La gitanilla* y *El amante liberal)* se prolonga también hacia *La española inglesa,* en cuyas peripecias reaparecen algunos temas de *El amante liberal* y que, en gran medida, constituye un anticipo de *Los trabajos de Persiles y Segismunda* (1617, en edición póstuma).

En la distribución polar de las doce historias, *La española inglesa* se corresponde con *Las dos doncellas,* que es la novena. La relación entre ambas viene determinada por la equivalencia existente entre la unión de dos almas enamoradas a pesar de su separación en *La española inglesa,* con religiosa peregrinación a Roma, y la peligrosa manera como una dama recupera a su amante y otra lo encuentra en *Las dos doncellas,* con azarosa peregrinación a Santiago de Compostela.

La española inglesa se abre con el saqueo de Cádiz por los ingleses en 1596 y la captura de una niña española, Isabela, por el inglés Clotaldo. (Como información de actualidad puede resultar interesante anotar que sobre el acontecimiento histórico de la invasión y saqueo de Cádiz por la escuadra inglesa al mando del conde de Essex, con la participación del célebre poeta inglés John Donne —1572-1631—, ha escrito recientemente el poeta sevillano Manuel Mantero su novela *Antes muerto que mudado,* 1990.) La narración cervantina continúa con el amor nacido entre Ricaredo, hijo de Clotaldo, e Isabela, en contra de lo previsto por los padres del joven inglés. Y, sobre un fondo marítimo de batallas navales y guerras de religión entre españoles (católicos) e ingleses (protestantes), con cautiverio de Ricaredo entre piratas argelinos incluido, desarrolla las pruebas que ambos enamorados han de superar antes unirse en cristiano matrimonio.

El relato se encuadra en la tradición de la novela bizantina, de amor y aventuras, cuya difusión en el Renacimiento fue propiciada por la recuperación de dos antiguas novelas griegas: la *Historia etiópica de los amores de Teágenes y Clariquea,* de Heliodoro, y *Leucipa y Clitofonte,* de Aquiles Tacio. Las características generales de este subgénero narrativo, que Cervantes renovará en *Los trabajos de Persiles y Segismunda,* se manifiestan en la rápida sucesión de episodios reales y fantásticos encadenados en sorprendentes aventuras afrontadas por los protagonistas, que suelen ser dos amantes cuyo amor es sometido a peligrosas dificultades en su largo peregrinar. La suspensión de la intriga está, pues, garantizada en este tipo de novelas por medio de frecuentes viajes, encuentros y separaciones de los amantes, sorpresas propiciadas por el azar, relatos incluidos dentro de la acción principal y oportunas anagnórisis o reconocimiento de los personajes en momentos climáticos del relato.

Los obstáculos que se oponen al amor de Ricaredo e Isabela y las pruebas que ambos han de superar retardan el desenlace de la novela y su emotivo final feliz. La acción comienza con el quebrantamiento del orden natural con el rapto de Isabela por Clotaldo. Sólo cuando la joven regresa a España con sus padres se restablece el equilibrio inicial. Y con la voluntaria marcha de Ricaredo de Inglaterra y su efectista llegada en el límite del plazo acordado para casarse con Isabela comienza el futuro dichoso para los amantes. Todos los obstáculos han sido superados por el héroe, desde la doncella escocesa que sus padres le habían buscado como esposa hasta la peregrinación final de Ricaredo a Roma y su cautiverio entre los turcos, pasando por la expedición naval contra los corsarios y el envenenamiento de Isabela con temporal pérdida de su hermosura.

«EL CELOSO EXTREMEÑO»

El celoso extremeño es la séptima de las *Novelas ejemplares*. Aparece entre *La fuerza de la sangre* y *La ilustre fregona*. En las dos novelas que la preceden, los juegos de la mente en la ingeniosa locura de *El licenciado Vidriera* dejan paso a la violencia sexual y posterior reconcialiación de la joven pareja en *La fuerza de la sangre*. Curiosamente, el ingenio y el impulso de los instintos son las fuerzas que derriban los muros levantados «contra natura» por el viejo Carrizales en *El celoso extremeño*.Y, en cambio, la más celebrada libertad en nada merma el recato de Constanza en *La ilustre fregona*.

En *El celoso extremeño* se trata el popular tema del «viejo y la niña». El asunto es similar al del entremés cervantino *El viejo celoso*, y su desarrollo recuerda también la historia de *El curioso impertinente*, pues en las tres obras el marido protagonista es el creador de su ruina final, a causa de los celos en los casos de Cañizares y de Carrizales o por impertinente curiosidad en el caso de Anselmo.

El celoso extremeño es un relato organizado en dos partes. La primera comienza con un resumen de la prehistoria narrativa del protagonista: el hidalgo Carrizales, acabada su hacienda en una juventud despreocupada, marcha a América en busca de fortuna. Veinte años después regresa a Sevilla convertido en un indiano rico y viejo. El deseo de un heredero lo lleva al matrimonio, pero su imaginación es atormentada por los celos. Prendado de Leonora por su hermosura y sus pocos años, desafiando toda ley natural y social, Carrizales crea un mundo aislado para educar y guardar a su mujer en una casa-prisión incomunicada con el exterior. En la segunda parte aparece Loaysa, pícaro agolfado descendiente de una familia acomodada, el cual, por medio del arte de la palabra y la música y amparado en su apariencia de mendigo, irá ganado el favor de la servidumbre y acabará destruyendo el paraíso encerrado de Carrizales. Al final éste sorprende a Leonora dormida en brazos de Loaysa, sin que el adulterio se hubiera consumado, pues ella había vencido todos los ataques del mancebo. Entonces Carrizales comprende su error, enferma y perdona a todos antes de morir. Leonora entra en un convento y Loaysa marcha a las Indias.

Cervantes modificó bastante esta novela para incluirla en las *ejemplares,* sobre todo en el desenlace, pues en la versión del manuscrito de Porras de la Cámara los amantes consumaban el adulterio. Tales cambios han recibido interpretaciones diversas que van desde considerar más lógica la primera versión e inverosímil la segunda hasta juzgar más «ejemplar» esta última.

Parece evidente que la ejemplaridad moral se logra mejor en la versión de 1613. En cuanto a la ejemplaridad estética, aun sin haber acuerdo unánime, la crítica se inclina también por la versión modificada. Ya Casalduero advirtió que el castigo de Carrizales se ajusta mejor a la justicia poética en el texto definitivo. Porque Cervantes, siempre comprensivo con sus criaturas, busca atenuantes para el viejo indiano. Este se ha equivocado, pero comprende su error y perdona a todos. Por eso en su castigo no es poéticamente necesaria la consumación del adulterio. Lo cual, de producirse, hubiera supuesto, además, una falta estética contra el personaje de Leonora, que no merecía tal ofensa. Por esto mismo, también Amezúa y Mayo considera que la justicia poética es más coherente en la versión de 1613, porque conserva la inocencia de Leonora y realza la ejemplaridad moral de la novela, aunque el desenlace parezca humanamente menos natural. Por último, en las preferencias de la crítica por la versión ejemplar influye también el que la consumación del adulterio supondría el triunfo de Loaysa, quien, por el contrario, al no conseguir a Leonora, queda ridiculizado.

El celoso extremeño es una novela de resonancias simbólicas y míticas. Peter N. Dunn ha explicado su composición sistemáticamente apoyada en alusiones recurrentes a la mitología clásica, en particular al descubrimiento de los amores de Venus y Marte, sorprendidos por Vulcano. Con ello Cervantes transforma el mito pagano en un esquema cristiano: Leonora entra en un convento, Loaysa marcha a las Indias como antes fuera Carrizales, y el viejo recupera su nobleza «con característica paradoja, porque la expulsión del paraíso artificial también puede ser el camino a un salvación verdadera».

ÁNGEL BASANTA

La española inglesa

Entre los despojos que los ingleses llevaron de la ciudad de Cádiz, Clotaldo, un caballero inglés, capitán de una escuadra de navíos, llevó a Londres una niña de edad de siete años, poco más o menos, y esto contra la voluntad y sabiduría del conde de Leste [1] que con gran diligencia hizo buscar la niña para volvérsela a sus padres, que ante él se quejaron de la falta de su hija, pidiéndole que, pues se contentaba con las haciendas y dejaba libres las personas, no fuesen ellos tan desdichados que, ya quedaban pobres, quedasen sin su hija, que era la lumbre de sus ojos y la más hermosa criatura que había en toda la ciudad.

Mandó el conde echar bando por toda su armada que, so pena de la veda, volviese la niña cualquiera que la tuviese; mas ningunas penas ni temores fueron bastantes a que Clotaldo la obedeciese, que la tenía escondida en su nave, aficionado, aunque cristianamente, a la incomparable hermosura de Isabel, que así se llamaba la niña. Finalmente, sus padres se quedaron sin ella, tristes y desconsolados, y

---

[1] *Conde de Leste:* es el Conde de Essex y no de Leicester.

Clotaldo, alegre sobre modo, llegó a Londres y entregó por riquísimo despojo a su mujer a la hermosa niña.

Quiso la buena suerte que todos los de la casa de Clotaldo eran católicos secretos, aunque en lo público mostraban seguir la opinión de su reina. Tenía Clotaldo un hijo llamado Ricaredo, de edad de doce años, enseñado de sus padres a amar y temer a Dios y a estar muy entero en las verdades de la fe católica. Catalina, la mujer de Clotaldo, noble, cristiana y prudente señora, tomó tanto amor a Isabel que como si fuera su hija la criaba, regalaba e industriaba; y la niña era de tan buen natural, que con facilidad aprendía todo cuando le enseñaban. Con el tiempo y con los regalos fue olvidando los que sus padres verdaderos le habían hecho; pero no tanto que dejase de acordarse y suspirar por ellos muchas veces; y aunque iba aprendiendo la lengua inglesa, no perdía la española, porque Clotaldo tenía cuidado de traerle a casa secretamente españoles que hablasen con ella. Desta manera, sin olvidar la suya, como está dicho, hablaba la lengua inglesa como si hubiese nacido en Londres.

Después de haberle enseñado todas las cosas de labor que puede y debe saber una doncella bien nacida, la enseñaron a leer y escribir más que medianamente; pero en lo que tuvo extremo [2] fue en tañer todos los instrumentos que a una mujer son lícitos, y esto con toda perfección de música, acompañándola con una voz que le dio el Cielo tan extremada, que encantaba cuando cantaba.

Todas estas gracias, adqueridas y puestas sobre la natural suya, poco a poco fueron encendiendo el pecho de Ricaredo, a quien ella, como a hijo de su señor, quería y servía. Al principio le salteó amor con un modo de agradarse y complacerse de ver la sin igual belleza de Isabel y de considerar sus infinitas virtudes y gracias, amándola como si fuera su hermana, sin que sus deseos saliesen de los términos honrados y virtuosos. Pero como fue creciendo Isabel, que ya cuando Ricaredo ardía

---

[2] *tuvo extremo:* hizo muy bien, destacó.

tenía doce años, aquella benevolencia primera y aquella complacencia y agrado de mirarla se volvió en ardentísimos deseos de gozarla y de poseerla: no porque aspirase a esto por otros medios que por los de ser su esposo, pues de la incomparable honestidad de Isabela —que así la llamaban ellos— no se podía esperar otra cosa, ni aun él quisiera esperarla aunque pudiera, porque la noble condición suya y la estimación en que a Isabela tenía no consentían que ningún mal pensamiento echase raíces en su alma. Mil veces determinó manisfestar su voluntad a sus padres, y otras tantas no aprobó su determinación porque él sabía que le tenían dedicado para ser esposo de una muy rica y principal doncella escocesa, asimismo secreta cristiana como ellos; y estaba claro, según él decía, que no habían de querer dar a una esclava —si este nombre se podía dar a Isabela— lo que ya tenían concertado de dar a una señora. Y así, perplejo y pensativo, sin saber qué camino tomar para venir al fin de su buen deseo, pasaba una vida tal, que le puso a punto de perderla. Pero pareciéndole ser gran cobardía dejarse morir sin intentar algún género de remedio a su dolencia, se animó y esforzó a declarar su intento a Isabela.

Andaban todos los de casa tristes y alborotados por la enfermedad de Ricaredo, que de todos era querido, y de sus padres con el extremo posible, así por no tener otro, como porque lo merecía su mucha virtud y su gran valor y entendimiento. No le acertaban los médicos la enfermedad, ni él osaba ni quería descubrírsela. En fin, puesto en romper por las dificultades que él se imaginaba, un día que entró Isabela a servirle, viéndola sola, con desmayada voz y lengua turbada le dijo:

—Hermosa Isabela, tu valor, tu mucha virtud y grande hermosura me tienen como me ves; si no quieres que deje la vida en manos de las mayores penas que pueden imaginarse, responda el tuyo a mi buen deseo que no es otro que el de recibirte por mi esposa a hurto de [3] mis padres, de los cuales

---

[3] *a hurto de:* a escondidas, «sin saberlo no entenderlo nadie» (*Aut.*).

temo que, por no conocer lo que yo conozco que mereces, me han de negar el bien que tanto me importa. Si me das la palabra de ser mía, yo te la doy, desde luego, como verdadero y católico cristiano, de ser tuyo; que puesto que no llegue a gozarte, como no llegaré, hasta que con bendición de la Iglesia y de mis padres sea, aquel imaginar que con seguridad eres mía será bastante a darme salud y a mantenerme alegre y contento hasta que llegue el feliz punto que deseo.

En tanto que esto dijo Ricaredo, estuvo escuchándole Isabela, los ojos bajos, mostrando en aquel punto que su honestidad se igualaba a su hermosura, y a su mucha discreción su recato. Y así, viendo que Ricaredo callaba, honesta, hermosa y discreta, le respondió desta suerte:

—Después que quiso el rigor o la clemencia del cielo, que no sé a cuál destos extremos lo atribuya, quitarme a mis padres, señor Ricaredo, y darme a los vuestros, agradecida a las infinitas mercedes que me han hecho, determiné que jamás mi voluntad saliese de la suya; y así, sin ella tendría no por buena, sino por mala fortuna la inestimable merced que queréis hacerme. Si con su sabiduría fuere ya tan venturosa que os merezca, desde aquí os ofrezco la voluntad que ellos me dieren; y en tanto que esto se dilatare o no fuere, entretengan vuestros deseos saber que los míos serán eternos y limpios en desearos el bien que el cielo puede daros.

Aquí puso silencio Isabela a sus honestas y discretas razones, y allí comenzó la salud de Ricaredo y comenzaron a revivir las esperanzas de sus padres, que en su enfermedad muertas estaban.

Despidiéronse los dos cortésmente: él, con lágrimas en los ojos; ella, con admiración en el alma de ver tan rendida a su amor la de Ricaredo, el cual, levantado del lecho, al parecer de sus padres por milagro, no quiso tenerles más tiempo ocultos sus pensamientos. Y así, un día se los manifestó a su madre, diciéndole en el fin de su plática, que fue larga, que si no le casaban con Isabela, que el negársela y darle la muerte era todo una misma cosa. Con tales razones, con tales encarecimientos subió al cielo las virtudes de Isabel, Ricaredo, que le pareció a su madre que Isabela era la engañada en llevar a su hijo por esposo. Dio buenas esperanzas a su hijo de disponer a su padre a que con gusto viniese en lo que ya ella también venía; y así fue; que diciendo a su marido las mismas razones que a ella había dicho su hijo, con facilidad le movió a querer lo que tanto su hijo deseaba, fabricando excusas que impidiesen el casamiento que casi tenía concertado con la doncella de Escocia.

A esta sazón tenía Isabela catorce y Ricaredo veinte años, y en esta tan verde y tan florida edad su mucha discreción y conocida prudencia los hacía ancianos. Cuatro días faltaban para llegarse aquel en el cual sus padres de Ricaredo querían que su hijo inclinase el cuello al yugo santo del matrimonio, teniéndose por prudentes y dichosísimos de haber escogido a su prisionera por su hija, teniendo en más la dote de sus virtudes que la mucha riqueza que con la escocesa se les ofrecía. Las galas estaban ya a punto, los parientes y los amigos convidados, y no faltaba otra cosa sino hacer a la reina sabidora de aquel concierto, porque sin su voluntad y consentimiento entre los de ilustre sangre no se efe[c]túa casamiento alguno; pero no dudaron de la licencia, y así, se detuvieron en pedirla. Digo, pues, que, estando todo en este estado, cuando faltaban los cuatro días hasta el de la boda, una tarde turbó todo su regocijo un ministro de la reina, que dio un recaudo a Clotaldo que su Majestad mandaba que otro día por la mañana llevasen a su presencia a su prisionera la española de Cádiz. Respondióle Clotaldo que de muy buena gana haría lo que su Majestad le mandaba. Fuese el ministro, y dejó llenos los pechos de turbación, de sobresalto y miedo.

—¡Ay —decía la señora Catalina—, si sabe la reina que yo he criado a esta niña a la católica, y de aquí viene a inferir que todos los desta casa somos cristianos!; pues si la reina le pregunta qué es lo que ha aprendido en ocho años que ha que es prisionera, ¿qué ha de responder la citada? que no nos condene, por más discreción que tenga?

Oyendo lo cual, Isabela le dijo:

—No le dé pena alguna, señora mía, ese temor, que yo confío en el cielo que me ha de dar palabras en aquel instante, por su divina misericordia, que no sólo no os condenen, sino que redunden en provecho vuestro.

Temblaba Ricaredo, casi como adivino de algún mal suceso. Clotaldo buscaba modos que pudiesen dar ánimo a su mucho temor, y no los hallaba sino en la mucha confianza que en Dios tenía y en la prudencia de Isabela, a quien encomendó mucho que por todas las vías que pudiese excusase el condenallos por católicos: que puesto que estaban promptos con el espíritu a recebir martirio, todavía la carne enferma rehusaba su amarga carrera. Una y muchas veces les aseguró Isabela estuviesen seguros que por su causa no sucedería lo que temían y sospechaban, porque aunque ella entonces no sabía lo que había de responder a las preguntas que en tal caso le hiciesen, tenía tan viva y cierta esperanza que había de responder de modo que, como otra vez había dicho, sus respuestas les sirviesen de abono.

Discurrieron aquella noche en muchas cosas, especialmente en que si la reina supiera que eran católicos no les enviara recaudo tan manso, por donde se podía inferir que sólo quería ver a Isabela, cuya sin igual hermosura y habilidades habría llegado a sus oídos, como a todos los de la ciudad; pero ya en no habérsela presentado se hallaban culpados, de la cual hallaron sería bien disculparse con decir que desde el punto que entró en su poder la escogieron y señalaron para esposa de su hijo Ricaredo. Pero también en esto se culpaban, por haber haecho el casamiento sin licencia de la reina, aunque esta culpa no les pareció digna de gran castigo.

Con esto se consolaron, y acordaron que Isabela no fuese vestida humildemente, como prisionera, sino como esposa, pues ya lo era de tan principal esposo como su hijo. Resueltos en esto, otro día vistieron a Isabela a la española, con una saya entera de raso verde acuchillada y forrada en rica tela de oro, tomadas las cuchilladas con unas eses de perlas, y toda ella bordada de riquísimas perlas; collar y cintura de diamantes, y con abanico a modo de las señoras damas españolas; sus mismos cabellos, que eran muchos, rubios y largos, entretejidos y sembrados de diamantes y perlas, le servían de tocado. Con este adorno riquísimo y con su gallarda disposición y milagrosa belleza se mostró aquel día a Londres sobre una hermosa carroza, llevando colgados de su vista las almas y los ojos de cuantos la miraban. Iban con ella Clotaldo y su mujer y Ricaredo, en la carroza, y a caballo, muchos ilustres parientes suyos. Toda esta honra quiso hacer Clotaldo a su prisionera, por obligar a la reina la tratase como a esposa de su hijo.

Llegados, pues, a palacio y a una gran sala donde la reina estaba, entró por ella Isabela, dando de sí la más hermosa muestra que pudo caber en una imaginación. Era la sala grande y espaciosa, y a dos pasos se quedó el acompañamiento, y se adelantó Isabela; y como quedó sola, pareció lo mismo que parece la estrella o exalación que por la región del fuego en serena y sosegada noche suele moverse, o bien ansí como rayo del sol que al salir del día por entre dos montañas se descubre. Todo esto pareció, y a un cometa que pronosticó el incendio de más de un alma de los que allí estaban, a quien Amor abrasó con los rayos de los hermosos soles de Isabela, la cual, llena de humildad y cortesía, se fue a poner de hinojos ante la reina y en lengua inglesa le dijo.

—Dé Vuestra Majestad las manos a esta su sierva, que desde hoy más se tendrá por señora, pues ha sido tan venturosa que ha llegado a ver la grandeza vuestra.

Estúvola la reina mirando por un buen espacio, sin hablarle palabra, pareciéndole, como después dijo a su camarera, que tenía delante un cielo estrellado, cuyas estrellas eran las muchas perlas y diamantes que Isabela traía, su bello rostro, y sus ojos el sol y la luna, y toda ella una nueva maravilla de hermosura. Las damas que estaban con la reina quisieran hacerse todas ojos por que no les quedase cosa por mirar en Isabela: cuál alababa la viveza de sus ojos, cuál la color del rostro, cuál la gallardía del cuerpo y cuál la dulzura de la habla, y tal hubo que, de pura envidia, dijo:

—Buena es la española; pero no me contenta el traje.

Después que pasó algún tanto la suspensión de la reina, haciendo levantar a Isabela, le dijo:

—Habladme en español, doncella, que yo le entiendo bien, y gustaré dello.

Y volviéndose a Clotaldo, dijo:

—Clotaldo, agravio me habéis hecho en tenerme este tesoro tantos años ha encubierto; mas él es tal que os haya movido a codicia: obligado estáis a restituírmele, porque de derecho es mío.

—Señora —respondió Clotaldo—, mucha verdad es lo que Vuestra Majestad dice: confieso mi culpa, si lo es haber guardado este tesoro a que estuviese en la perfección que convenía para parecer ante los ojos de Vuestra Majestad, y ahora que lo está, pensaba traerle mejorado pidiendo licencia a Vuestra Majestad para que Isabela fuese esposa de mi hijo Ricaredo y daros, alta Majestad, en los dos, todo cuanto puedo daros.

—Hasta el nombre me contenta —respondió la reina—: no le faltaba más sino llamarse Isabela «la Española», para que no me quedase nada de perfección que desear en ella; pero advertid, Clotaldo, que sé que sin mi licencia la teníades prometida a vuestro hijo.

—Así es verdad, señora —respondió Clotaldo—; pero fue en confianza que los muchos y revelados servicios que yo y mis pasados tenemos hechos a esta corona alcanzarían de Vuestra Majestad otras mercedes más dificultosas que las desta licencia: cuanto más que aún no está desposado mi hijo.

—Ni lo estará —dijo la reina— con Isabela hasta que por sí mismo lo merezca. Quiero decir que no quiero que para esto le aprovechen vuestros servicios ni de sus pasados: él por sí mismo se ha de disponer a servirme y a merecer por sí esta prenda, que yo la estimo como si fuese mi hija.

Apenas oyó esta última palabra Isabela, cuando se volvió a hincar de rodillas ante la reina, diciéndole en lengua castellana:

—Las desgracias que tales descuentos traen, serenísima señora, antes se han de tener por dichas que por desventura; ya Vuestra Majestad me ha dado nombre de hija: sobre tal prenda, ¿qué males podré temer o qué bienes no podré esperar?

Con tanta gracia y donaire decía cuanto decía Isabela, que la reina se le aficionó en extremo y mandó que se quedase en su servicio, y se la entregó a una gran señora, su camarera mayor, para que la enseñase el modo de vivir suyo.

Ricaredo, que se vio quitar la vida en quitarle a Isabela, estuvo a pique de perder el juicio; y así temblando y con sobresalto, se fue a poner de rodillas ante la reina, a quien dijo:

—Para servir yo a Vuestra Majestad no es menester incitarme con otros premios que con aquellos que mis padres y mis pasados han alcanzado por haber servido a sus reyes, pero pues Vuestra Majestad gusta que yo la sirva con nuevos deseos y pretensiones, querría saber en qué modo y en qué ejercicio podré mostrar que cumplo con la obligación en que Vuestra Majestad me pone.

—Dos navíos —respondió la reina— están para partirse en corso, de los cuales he hecho general al barón de Lansac: del uno dellos os hago a vos capitán, porque la sangre de do venís me asegura que ha de suplir la falta de vuestros años. Y advertid a la merced que os hago, pues os doy ocasión en ella a que, correspondiendo a quien sois, sirviendo a vuestra reina, mostréis el valor de vuestro ingenio y de vuestra persona y alcancéis el mejor premio que a mi parecer vos mismo podéis acertar a desearos. Yo misma os seré guarda de Isabela, aunque ella da muestras que su honestidad será su más verdadera guarda. Id con Dios, que pues vais enamorado, como imagino, grandes cosas me prometo de vuestras hazañas. Felice fuera el rey batallador que tuviera en su ejército diez mil soldados amantes que esperan que el premio de sus vi[c]torias había de ser gozar de sus amadas. Levantaos, Ricaredo, y mirad si tenéis o queréis decir algo a Isabela, porque mañana ha de ser nuestra partida.

Besó las manos Ricaredo a la reina, estimando en mucho la merced que le hacía, y luego se fue a hincar de rodillas ante Isabela, y queriéndola hablar no pudo, porque se le puso un nudo en la garganta que le ató la lengua, y las lágrimas acudieron a los ojos, y él acudió a disimularlas lo más que le fue posible. Pero con todo esto no se pudieron encubrir a los ojos de la reina, pues dijo:

—No os afrentéis, Ricaredo, de llorar, ni os tengáis en menos por haber dado en este trance tan tiernas muestras de vuestro corazón, que una cosa es pelear con los enemigos y otra despedirse de quien bien se quiere. Abrazad, Isabela, a Ricaredo y dadle vuestra bendición, que bien lo merece su sentimiento.

Isabela, que estaba suspensa y atónita de ver la humildad y dolor de Ricaredo, que como a su esposo le amaba, no entendió lo que la reina le mandaba, antes comenzó a derramar lágrimas, tan sin pensar lo que hacía y tan sesga [4] y tan sin movimiento alguno, que no parecía sino que lloraba una estatua de alabastro. Estos afectos de los dos amantes, tan tiernos y tan enamorados, hicieron verter lágrimas a muchos de los circunstantes, y sin hablar más palabra Ricaredo y sin le haber hablado alguna a Isabela, haciendo Clotaldo y los que con él venían reverencia a la reina, se salieron de la sala, llenos de compasión, de despecho y de lágrimas.

Quedó Isabela como huérfana que acaba de enterrar sus padres, y con temor que la nueva señora quisiese que mudase las costumbres en que la primera la había criado. En fin, se quedó, y de allí a dos días Ricaredo se hizo a la vela, combatido, entre otros muchos, de dos pensamientos que le tenían fuera de sí: era el uno el considerar que le convenía hacer hazañas que le hiciesen merecedor de Isabela, y el otro, que no pocía hacer ninguna, si había de responder a su católico intento, que le impedía no desenvainar la espada contra católicos; y si no la desenvainaba, había de ser notado de cristiano o de cobarde, y todo esto

---

[4] *sesga:* «... grave, serio o torcido en el semblante» (*Aut.*).

redundaba en perjuicio de su vida y en obstáculo de su pretensión. Pero, en fin, determinó de posponer al gusto de enamorado el que tenía de ser católico, y en su carazón pedía al cielo le deparase ocasiones donde, con ser valiente, cumpliese con ser cristiano, dejando a su reina satisfecha y a Isabel merecida.

Seis días navegaron los dos navíos, con próspero viento, siguiendo la derrota de las islas Terceras [5] paraje donde nunca faltan o naves portuguesas de las Indias orientales o algunas derrotadas de las occidentales. Y al cabo de los seis días les dio de costado un recísimo viento que en el mar Océano tiene otro nombre que en el Mediterráneo, donde se llama mediodía, el cual viento fue tan durable y tan recio, que sin dejarles tomar las islas les fue forzoso correr a España; y junto a su costa, a la boca del estrecho de Gibraltar, descubrieron tres navíos, uno poderoso y grande, y los dos pequeños. Arribó la nave de Ricaredo a su capitán, para saber de su general si quería embestir a los tres navíos que se descubrían; y antes que a ella llegase, vio poner sobre la gavia mayor [6]. Un estandarte negro, y llegándose más cerca, oyó que tocaban en la nave clarines y trompetas roncas, señales claras o que el general era muerto o alguna otra principal persona de la nave. Con este sobresalto llegaron a poderse hablar, que no lo habían hecho después que salieron del puerto. Dieron voces de la nave capitana diciendo que el capitán Ricaredo pasase a ella, porque el general la noche antes había muerto de una apoplejía. Todos se entristecieron, si no fue Ricaredo, que le alegró, no por el daño de su general, sino por ver que quedaba él libre para mandar en los dos navíos, que así fue la orden de la reina que faltando el general, lo fuese Ricaredo, el cual con presteza se pasó a la capitana, donde halló que unos lloraban por el general muerto y otros se alegraban con el vivo. Finalmente, los unos y los

---

[5] *Islas Terceras:* las Azores.

[6] *gavia mayor:* «... el cesto o castillejo, tejido de mimbres, que está en lo alto del mástil de la nave» *(Cov.)*.

otros le dieron luego la obediencia y le aclamaron por su general con breves ceremonias, no dando lugar a otra cosa dos de los tres navíos que habían descubierto, los cuales, desviándose del grande, a las dos naves se venían.

Luego conocieron ser galeras, y turquescas, por las medias lunas que en las banderas traían, de que recibió gran gusto Ricaredo, pareciéndole que aquella presa, si el cielo se la concediese, sería de consideración, sin haber ofendido a ningún católico. Las dos galeras turquescas llegaron a reconocer los navíos ingleses, los cuales no traían insignias de Inglaterra, sino de España, por desmentir a quien llegase a reconocellos, y no los tuviese por navíos de cosarios. Creyeron los turcos ser naves derrotadas de las Indias y que con facilidad las rendirían. Fuéronse entrando poco a poco, y de industria los dejó llegar Ricaredo hasta tenerlos a gusto de su artilería, la cual mandó disparar a tan buen tiempo, que con cinco balas dio en la mitad de una de las galeras, con tanta furia, que la abrió por medio toda. Dio luego a la banda [7] y comenzó a irse a pique sin poderse remediar. La otra galera, viendo tan mal suceso, con mucha priesa le dio cabo y le llevó a poner debajo del costado del gran navío; pero Ricaredo, que tenía los suyos prestos y ligeros, y que salían y entraban como si tuvieran remos, mandando cargar de nuevo toda la artillería, los fue siguiendo hasta la nave, lloviendo sobre ellos infinidad de balas. Los de la galera abierta, así como llegaron a la nave, la desampararon, y con priesa y celeridad procuraban acogerse a la nave. Lo cual visto por Ricaredo y que la galera sana se ocupaba con la rendida, cargó sobre ella con sus dos navíos, y sin dejarla rodear ni valerse de los remos la puso en estrecho, que los turcos se aprovecharon ansimismo del refugio de acogerse a la nave, no para defenderse en ella, sino por escapar las vidas por entonces. Los cristianos de quien venían armadas las ga-

[7] *Dio... la banda:* «... cargar la gente, u otro peso a un costado, o lado, para que ladeándole se descubra el otro, y se pueda carenar» (*Aut.*).

leras, arrancando las branzas y rompiendo las cadenas, mezclados con los turcos, también se acogieron a la nave, y como iban subiendo por su costado, con la arcabucería de los navíos los iban tirando como a blanco; a los turcos no más, que a los cristianos mandó Ricaredo que nadie los tirase. Desta manera, casi todos los más turcos fueron muertos, y los que en la nave entraron, por los cristianos que con ellos se mezclaron, aprovechándose de sus misma armas, fueron hechos pedazos: que la fuerza de los valientes, cuando caen, se pasa a la flaqueza de los que se levantan. Y así, con el calor que les daba a los cristianos pensar que los navíos ingleses eran españoles, hicieron por su libertad maravillas. Finalmente, habiendo muerto casi todos los turcos, algunos españoles se pusieron a borde del navío, y a grandes voces llamaron a los que pensaban ser españoles entrasen a gozar el premio del vencimiento.

Preguntóles Ricaredo en español que qué navío era aquél. Respondiéronle que era una nave que venía de la India de Portugal, cargada de especería, y con tantas perlas y diamantes, que valía más de un millón de oro, y que con tormenta había arribado a aquella parte, toda destruida y sin artillería, por haberla echado a la mar la gente, enferma y casi muerta de sed y de hambre, y que aquellas dos galeras, que eran del cosario Arnaute Mamí el día antes la habían rendido, sin haberse puesto en defensa, y que, a lo que habían oído decir, por no poder pasar tanta riqueza a sus dos bajees, la llevaban a jorro [8] para meterla en el río de Larache, que estaba allí cerca.

Ricaredo les respondió que si ellos pensaban que aquellos dos navíos eran españoles, se engañaban, que no eran sino de la señora reina de Inglaterra, cuya nueva dio que pensar y temer a los que la oyeron, pensando, como era razón que pensasen, que de un lazo habían caído en otro. Pero Ricaredo

[8] *a jorro:* «Llevar una cosa a jorro es sacarla y tirarla con guindaleta, arrastrando, ora sea del agua, ora sea de la tierra» *(Cov.).*

les dijo que no temiesen algún daño, y que estuviesen ciertos de su libertad, con tal que no se pusiesen en defensa.

—Ni es posible ponernos en ella —respondieron—, porque, como se ha dicho, este navío no tiene artillería ni nosotros armas: así que nos es forzoso acudir a la gentileza y liberalidad de vuestro general; pues será justo que quien nos ha librado del insufrible cautiverio de los turcos lleve adelante tan gran merced y beneficio, pues le podrá hacer famoso en todas partes, que serán infinitas, donde llegare la nueva desta memorable vitoria y de su liberalidad, más de nosotros esperada que temida.

No le parecieron mal a Ricaredo las razones del español, y llamando a consejo los de su navío, les preguntó cómo haría para enviar todos los cristianos a España sin ponerse a peligro de algún siniestro suceso, si el ser tantos les daba ánimo para levantarse. Pareceres hubo que los hiciese pasar uno a uno a su navío, y así como fuesen entrando debajo de cubierta, matarle y desta manera matarlos a todos, y llevar la gran nave a Londres, sin temor ni cuidado alguno.

A eso respondió Ricaredo:

—Pues que Dios nos ha hecho tan gran merced en darnos tanta riqueza, no quiero corresponderle con ánimo cruel y desagradecido, ni es bien que lo que puedo remediar con la industria lo remedie con la espada. Y así, soy de parecer que ningún cristiano católico muera; no porque los quiero bien, sino porque me quiero a mí muy bien, y querría que esta hazaña de hoy ni a mí ni a vosotros, que en ella me habéis sido compañeros, nos diese, mezclado con el nombre de valientes, el renombre de crueles, porque nunca dijo bien la crueldad con la valentía. Lo que se ha de hacer es que toda la artillería de un navío destos se ha de pasar a la gran nave portuguesa, sin dejar en el navío otras armas ni otra cosa más del bastimento, y no lejando [9] la nave de nuestra gente, la llenaremos a Inglaterra, y los españoles se irán a España.

Nadie osó contradecir lo que Ricaredo había propuesto,

---

[9] *lejando:* alejando, apartando.

y algunos le tuvieron por valiente y magnánimo y de buen entendimiento. Otros le juzgaron en sus corazones por más católico que debía. Resuelto, pues, en esto Ricaredo, pasó con cincuenta arcabuceros a la nave portuguesa, todos alerta y con las cuerdas encendidas. Halló en la nave casi trescientas personas, de las que habían escapado de las galera. Pidió luego el registro de la nave, y respondiéndole aquel mismo que desde el borde le habló la vez primera, que el registro le había tomado el cosario de los bajeles, que con ellos se había ahogado. Al instante puso el torno en orden, y acostando su segundo bajel a la gran nave, con maravillosa presteza y con fuerza de fortísimos cabestrantes [10] pasaron la artillería del pequeño bajel a la mayor nave. Luego, haciendo una breve plática a los cristianos, les mandó pasar al bajel desembarazado, donde hallaron bastimento en abundancia para más de un mes y para más gente; y así como se iban embarcando, dio a cada uno cuatro escudos de oro españoles, que hizo traer de su navío, para remediar en parte su necesidad cuando llegasen a tierra, que estaba tan cerca, que las altas montañas de Abila y Calpe [11] desde allí se parecían . Todos le dieron infinitas gracias por la merced que les hacía, y el último que se iba a embarcar fue aquel que por los demás había hablado, el cual le dijo:

—Por más ventura tuviera, valeroso caballero, que me llevaras contigo a Inglaterra que no me enviaras a España, porque aunque es mi patria y no habrá sino seis días que della partí, no he de hallar en ella otra cosa que no sea de ocasiones de tristeza y soledades mías. Sabrás, señor, que en la pérdida de Cádiz que sucedió habrá quince años, perdí una hija que los ingleses debieron de llevar a Inglaterra, y

---

[10] *cabestrantes:* «Torno de madera gruesa con que se cogen las áncoras y los cabos para tirar e izar las velas... » *(Aut.).*

[11] *Abila y Calpe:* Ciudad y monte de Africa, «situado frente del Calpe de Europa, hoy Peñón de Gibraltar. El Calpe y el Promontorio de Abila formaban antiguamente las célebres columnas de Hércules...» *(Enciclopedia Espasa).*

con ella perdí el descanso de mi vejez y la luz de mis ojos, que, después que no la vieron, nunca han visto cosa que de su gusto sea. El grave descontento en que me dejó su pérdida y la de la hacienda, que también me faltó, me pusieron de manera que ni más quise ni más pude ejercitar la mercancía, cuyo trato me había puesto en opinión de ser el más rico mercader de toda la ciudad. Y así era la verdad, pues fuera del crédito, que pasaba de muchos centenares de millares de escudos, valía mi hacienda dentro de las puertas de mi casa más de cincuenta mil ducados. Todo lo perdí, y no hubiera perdido nada como no hubiera perdido a mi hija. Tras esta general desgracia, y tan particular mía, acudió la necesidad a fatigarme, hasta tanto que, no pudiéndola resistir, mi mujer y yo, que es aquella triste que está allí sentada, determinamos irnos a las Indias, común refugio de los pobres generosos. Y habiéndonos embarcado en un navío de aviso seis días ha, a la salida de Cádiz dieron con el navío estos dos bajeles de cosarios, y nos cautivaron, donde se renovó nuestra desgracia y se confirmó nuestra desventura. Y fuera mayor si los cosarios no hubieran tomado aquella nave portuguesa, que los entretuvo hasta haber sucedido lo que él había visto.

Preguntóle Ricaredo cómo se llamaba su hija. Respondióle que Isabel. Con esto acabó de confirmarse Ricaredo en lo que ya había sospechado, que era que el que se lo contaba era el padre de su querida Isabela. Y sin darle algunas nuevas della, le dijo que de muy buena gana llevaría a él y a su mujer a Londres, donde podría ser hallasen nuevas de las que deseaban. Hízolos pasar luego a su capitana, poniendo marineros y guardas bastantes en la nao portuguesa.

Aquella noche alzaron velas, y se dieron priesa a apartarse de las costas de España, porque el navío de los cautivos libres —entre los cuales también iban hasta veinte turcos, a quien también Ricaredo dio libertad, por mostrar que más por su buena condición y generoso ánimo se mostraba liberal que por forzarle amor que a los católicos tuviese— rogó a los españoles que en la primera ocasión que se ofreciese diesen entera libertad a los turcos, que ansimismo se le mostraron agradecidos.

El viento, que daba señales de ser próspero y largo, comenzó a calmar un tanto, cuya calma levantó gran tormenta de temor en los ingleses, que culpaban a Ricaredo y a su liberalidad, diciéndole que los libres podían dar aviso en España de aquel suceso, y que si acaso había galeones de armada en el puerto podían salir en su busca y ponerlos en aprieto, y en término de perderse. Bien conocía Ricaredo que tenían razón; pero venciéndolos a todos con buenas razones, los sosegó; pero más los quietó el viento, que volvió a refrescar de modo que, dándole en todas las velas, sin tener vecesidad de amainallas ni aun de templallas, dentro de nueve días se hallaron a la vista de Londres, y cuando en él, vitoriosos, volvieron, habría treinta que dél faltaban.

No quiso Ricaredo entrar en el puerto con muestras de alegría, por la muerte de su general, y así mezcló las señales alegres con las tristes; unas veces sonaban clarines regocijados; otras, trompetas roncas; unas tocaban los atambores alegres y sobresaltadas armas, a quien con señas tristes y lamentables respondían los pífaros; de una gavia colgaba, puesta al revés, una bandera de medias lunas sembrada; en otra se veía un luengo estandarte de tafetán negro, cuyas puntas besaban el agua. Finalmente, con estos tan contrarios extremos entró en el río de Londres con su navío, porque la nave no tuvo en él que la sufriese, y así, se quedó en la mar a lo largo.

Estas tan contrarias muestras y señales tenían suspenso el infinito pueblo que desde la ribera les miraba. Bien conocieron por algunas insignias que aquel navío menor era la capitana del barón de Lansac, mas no podían alcanzar cómo el otro navío se hubiese cambiado con aquella poderosa nave que en la mar se quedaba; pero sacólos desta duda haber saltado en el esquife, armado de todas armas, ricas y resplandecientes, el valeroso Ricaredo, que a pie, sin esperar otro acompañamiento que aquel de un inumerable vulgo que le seguía, se fue a palacio, donde ya la reina, puesta a unos corredores, estaba esperando le trujesen la nueva de los navíos.

Estaba con la reina y con las otras damas Isabela, vestida a la inglesa, y parecía tan bien como a la castellana. Antes que Ricaredo llegase, llegó otro que dio las nuevas a la reina de cómo Ricaredo venía. Alborozóse Isabela oyendo el nombre de Ricaredo, y en aquel instante temió y esperó malos y buenos sucesos de su venida.

Era Ricaredo alto de cuerpo, gentil hombre y bien proporcionado. Y como venía armado de peto, espaldar, gola y brazaletes y escarcelas, con unas armas milanesas de once vistas, grabadas y doradas, parecía en extremo bien a cuantos le miraban; no le cubría la cabeza morrión alguno, sino un sombrero de gran falda, de color leonado, con mucha diversidad de plumas terciadas a la valona, la espada, ancha; los tiros, ricos; los calzas a la esquízara. Con este adorno, y con paso brioso que llevaba, algunos hubo que le compararon a Marte, dios de las batallas, y otros, llevados de la hermosura de su rostro, dicen que le compararon a Venus, que para hacer alguna burla a Marte de aquel modo se había disfrazado. En fin, él llegó ante la reina. Puesto de rodillas le dijo:

—Alta Majestad, en fuerza de vuestra ventura y en consecución de mi deseo, después de haber muerto de una apoplejía el general de Lansac, quedando yo en su lugar, merced a la liberalidad vuestra, me deparó la suerte dos galeras turquescas que llevaban remolcando aquella gran nave que allí se parece.

Acometíla, pelearon vuestros soldados como siempre, echáronse a fondo los bajeles de los cosarios; en el uno de los nuestros, en vuestro real nombre, di libertad a los cristianos que del poder de los turcos escaparon; sólo truje conmigo a un hombre y a una mujer, españoles, que por su gusto quisieron venir a ver la grandeza vuestra. Aquella nave es de las que vienen de la India de Portugal, la cual por tormenta vino a dar en poder de los turcos, que con poco trabajo, por mejor decir sin ninguno, la rindieron, y según dijeron algunos portugueses de los que en ella venían, pasa de un millón de oro el valor de la especería y otras mercancías de perlas y diamantes que en ella vienen. A ninguna cosa se ha tocado, ni los turcos habían llagado a ella, porque todo lo dedicó el cielo, y yo lo mandé guardar, para Vuestra Majestad, que con una joya sola que se me dé quedaré en deuda de otras diez naves; la cual joya ya Vuestra Majestad me la tiene prometida, que es a mi buena Isabela. Con ella quedaré rico y premiado, no sólo deste servicio, cual él se sea, que a Vuestra Majestad he hecho, sino de otros muchos que pienso hacer por pagar alguna parte del todo casi infinito que en esta joya Vuestra Majestad me ofrece.

—Levantaos, Ricaredo —respondió la reina—, y creedme que si por precio os hubiera de dar a Isabela, según yo la estimo, no la pudiérades pagar ni con lo que trae esa nave ni con lo que queda en las Indias. Dóyosla porque os la prometí y porque ella es digna de vos y vos lo sois della; vuestro valor solo la merece. Si vos habéis guardado las joyas de la nave para mí, yo os he guardado la joya vuestra para vos. Y aunque os parezca que no hago mucho en volveros lo que es vuestro, yo sé que os hago mucha merced en ello: que las prendas que se compran a deseos y tienen su estimación en el alma del comprador, aquello valen que vale una alma, que no hay precio en la tierra con que aprecialla. Isabela es vuestra, véisla allí; cuando quisiéredes podéis tomar su entera posesión, y creo será con su gusto, porque es discreta, y sabrá ponderar la amistad que le hacéis, que no la quiero llamar merced, sino amistad, porque me quiero alzar con el nombre de que yo sola puedo hacerle mercedes. Idos a descansar y venidme a ver mañana, que quiero más particularmente oír de vuestras hazañas; y traedme esos dos que decís que de su voluntad han querido venir a verme, que se lo quiero agradecer.

Besóle las manos Ricaredo por las muchas mercedes que le hacía. Entróse la reina en una sala, y las damas rodearon a Ricaredo, y una dellas, que había tomado grande amistad con Isabela, llamada la señora Tansi, tenida por la más discreta, desenvuelta y graciosa de todas, dijo a Ricaredo:

—¿Qué es esto, señor Ricaredo, qué armas son éstas? ¿Pensábades por ventura que veníades a pelear con vuestros enemigos? Pues en verdad que aquí todas somos vuestras amigas, si no es la señora Isabela, que como española está obligada a no teneros buena voluntad.

—Acuérdese ella, señora Tansi, de tenerme alguna, que como yo esté en su memoria —dijo Ricaredo—, yo sé que la voluntad será buena, pues no puede caber en su mucho valor y entendimiento y rara hermosura la fealdad de ser desagradecida.

A lo cual respondió Isabela:

—Señor Ricaredo, pues he de ser vuestra, a vos está tomar de mí toda la satisfac[c]ión que quisiéredes para recompensaros de las alabanzas que me habéis dado y de las mercedes que pensáis hacerme.

Estas y otras honestas razones pasó Ricaredo con Isabela y con las damas, entre las cuales había una doncella de pequeña edad, la cual no hizo sino mirar a Ricaredo mientras allí estuvo. Alzábale las escarcelas, por ver qué traía debajo dellas, tentábale la espada, y con simplicidad de niña quería que las armas le sirviesen de espejo, llegándose a mirar de muy cerca en ellas; y cuando se hubo ido, volviéndose a las damas, dijo:

—Ahora, señoras, yo imagino que debe de ser cosa hermosísima la guerra, pues aun entre mujeres parecen bien los hombres armados.

—¿Y cómo si parecen? —respondió la señora Tansi—; si no, mirad a Ricaredo, que no parece sino que el sol se ha bajado a la tierra y en aquel hábito va caminando por la calle.

Rieron todas del dicho de la doncella y de la disparatada semejanza de Tansi, y no faltaron murmuradores que tuvieron por impertinencia el haber venido armado Ricaredo a palacio, puesto que halló disculpa en otros, que dijeron que, como soldado, lo pudo hacer para demostrar su gallarda bizarría.

Fue Ricaredo de sus padres, amigos, parientes y conocidos con muestras de entrañable amor recebido. Aquella noche se hicieron generales alegrías en Londres por su buen suceso. Ya los padres de Isabela estaban en casa de Clotaldo, a quien Ricaredo había dicho quién eran, pero que no les diesen nueva ninguna de Isabela hasta que él mismo se la diese. Este aviso tuvo la señora Catalina, su madre, y todos los criados y criadas de su casa. Aquella misma noche, con muchos bajeles, lanchas y barcos, y con no menos ojos que lo miraban, se comenzó a descargar la gran nave, que en ocho días no acabó de dar la mucha pimienta y otras riquísimas mercaderías que en su vientre encerradas tenía.

El día que siguió a esta noche fue Ricaredo a palacio, llevando consigo al padre y madre de Isabela, vestidos de nuevo a la inglesa, diciéndoles que la reina quería verlos. Llegaron todos donde la reina estaba en medio de sus damas, esperando a Ricaredo, a quien quiso lisonjear y favorecer con tener junto a sí a Isabela, vestida con aquel mismo vestido que llevó la vez primera, mostrándose no menos hermosa ahora que entonces. Los padres de Isabela quedaron admirados y suspensos de ver tanta grandeza y bizarría junta. Pusieron los ojos en Isabela, y no la conocieron, aunque el corazón, presagio del bien que tan cerca tenían, les comenzó a saltar en el pecho, no con sobresalto que les entristeciese, sino con un no sé qué de gusto, que ellos no acertaban a entendelle. No consintió la reina que Ricaredo estuviese de rodillas ante ella; antes lo hizo levantar y sentar en una silla rasa que para sólo esto allí puesta tenían, inusitada merced para la altiva condición de la reina, y alguno dijo a otro:

—Ricaredo no se sienta hoy sobre la silla que le han dado, sino sobre la pimienta que él trujo.

Otro acudió, y dijo:

—Ahora se verifica lo que comúnmente se dice, que dádivas quebrantan peñas, pues las que ha traído Ricaredo han ablandado el duro corazón de nuestra reina.

Otro acudió, y dijo:

—Ahora que está tan bien ensillado, más de dos se atreverán a correrle[12].

En efe[c]to, de aquella nueva honra que la reina hizo a Ricaredo tomó ocasión la envidia para nacer en muchos pechos de aquellos que mirándole estaban; porque no hay merced que el príncipe haga a su privado que no sea una lanza que atraviesa el corazón del envidioso. Quiso la reina saber de Ricaredo menudamente cómo había pasado la batalla con los bajeles de los cosarios. El la contó de nuevo, atribuyendo la vi[c]toria a Dios y a los brazos valerosos de sus soldados, encareciéndolos a todos juntos y particularizando algunos hechos de algunos que más que los otros se habían señalado, con que obligó a la reina a hacer a todos merced, y en particular a los particulares; y cuando llegó a decir la libertad que en nombre de su Majestad había dado a los turcos y cristianos, dijo:

—Aquella mujer y aquel hombre que allí están —señalando a los padres de Isabela— son los que dije ayer a Vuestra Majestad que, con deseo de ver vuestra grandeza, encarecidamente me pidieran los trujese conmigo. Ellos son de Cádiz, y, de lo que ellos me han contado, y de lo que en ellos he visto y notado, sé que son gente principal y de valor.

Mandóles la reina que se llegasen cerca. Alzó los ojos Isabela a mirar los que decían ser españoles, y más de Cádiz, con deseo de saber si por ventura conocían a sus padres. Ansí como Isabela alzó los ojos, los puso en ella su madre y detuvo el paso para mirarla más atentamente, y en la memoria de Isabela se comenzaron a despertar unas confusas noticias que le querían dar a entender que en otro tiempo ella había visto aquella mujer que delante tenía. Su padre estaba en la misma confusión, sin osar determinarse a dar crédito a la verdad que sus ojos le mostraban. Ricaredo estaba atentísimo a ver los afectos y los movimientos que hacían las tres

---

[12] *correrle*: acosarle, perseguirle; «Correrse vale afrentarse» *(Cov.)*.

dudosas y perplejas almas, que tan confusas estaban entre el sí y el no de conocerse. Conoció la reina la suspensión de entrambos, y aun el desasosiego de Isabela, porque la vio trasudar y levantar la mano muchas veces a componerse el cabello.

En esto deseaba Isabela que hablase la que pensaba ser su madre: quizá los oídos la sacarían de la duda en que sus ojos la habían puesto. La reina dijo a Isabela que en lengua española dijese a aquella mujer y a aquel hombre le dijesen qué causa les había movido a no querer gozar de la libertad que Ricaredo les había dado, siendo la libertad la cosa más amada, no sólo de la gente de razón, más aún de los animales que carecen della.

Todo esto preguntó Isabela a su madre, la cual, sin responderle palabra, desatentadamente [13] y medio tropezando, se llegó a Isabela, y sin mirar a respecto, temores ni miramientos cortesanos, alzó la mano a la oreja derecha de Isabela, y descubrió un lunar negro que allí tenía, la cual señal acabó de certificar su sospecha. Y viendo claramente ser Isabela su hija, abrazándose con ella dio una gran voz, diciendo:

—¡Oh, hija de mi corazón! ¡Oh, prenda cara del alma mía! —y sin poder pasar adelante se cayó desmayada en los brazos de Isabela.

Su padre, no menos tierno que prudente, dio muestras de su sentimiento no con otras palabras que con derramar lágrimas que sesgamente su venerable rostro y barbas le bañaron. Juntó Isabela su rostro con el de su madre, y volviendo los ojos a su padre, de tal manera le miró, que le dio a entender el gusto y el descontento que de verlos allí su alma tenía. La reina, admiraba de tal suceso, dijo a Ricaredo:

—Yo pienso, Ricaredo, que en vuestra discreción se han ordenado estas vistas, y no se os diga que han sido acer-

---

[13] *desatentadamente:* «Sin tiento, vale lo contrario, proceder sin consideración ni discurso, y al que esto hace llamamos desatentado».

tadas, pues sabemos que así suele matar una súbita alegría como mata una tristeza. —Diciendo esto, se volvió a Isabela y la apartó de su madre, la cual, habiéndole echado agua en el rostro, volvió en sí, y estando un poco más en su acuerdo, puesta de rodillas delante de la reina, le dijo:

—Perdone Vuestra Majestad mi atrevimiento, que no es mucho perder los sentidos con la alegría del hallazgo desta amada prenda.

Respondióle la reina que tenía razón, sirviéndole de intérprete, para que lo entendiese, Isabela, la cual, de la manera que se ha contado, conoció a sus padres, y sus padres a ella, a los cuales mandó la reina quedar en palacio, para que despacio pudiesen ver a hablar a su hija y regocijarse con ella, de lo cual Ricaredo se holgó mucho, y de nuevo pidió a la reina le cumpliese la palabra que le había dado de dársela, si es que acaso la merecía; y de no merecerla, le suplicaba desde luego le mandase ocupar en cosas que le hiciesen digno de alcanzar lo que deseaba. Bien entendió la reina que estaba Ricaredo satisfecho de sí mismo y de su mucho valor, que no había necesidad de nuevas pruebas para calificarle; y así, le dijo que de allí a cuatro días le entregaría a Isabela, haciendo a los dos la honra que a ella fuese posible.

Con esto se despidió Ricaredo, contentísimo con la esperanza propincua que llevaba de tener en su poder a Isabela sin sobresalto de perderla, que es el último deseo de los amantes.

Corrió el tiempo, y no con la ligereza que él quisiera: que los que viven con esperanzas de promesas venideras siempre imaginan que no vuela el tiempo, sino que anda sobre los pies de la pereza misma. Pero en fin llegó el día, no donde pensó Ricaredo poner fin a sus deseos, sino de hallar en Isabela gracias nuevas que le moviesen a quererla más, si más pudiese. Mas en aquel breve tiempo, donde él pensaba que la nave de su buena fortuna corría con próspero viento hacia el deseado puerto, la contraria suerte levantó en su mar tal tormenta, que mil veces temió anegarle.

Es, pues, el caso que la camarera mayor de la reina, a

cuyo cargo estaba Isabela, tenía un hijo de edad de veintidós años, llamado el conde Arnesto. Hacíanle la grandeza de su estado, la alteza de su sangre, el mucho favor que su madre con la reina tenía; hacíanle, digo, estas cosas más de lo justo arrogante, altivo y confiado. Este Arnesto, pues, se enamoró de Isabela tan encendidamente, que en la luz de los ojos de Isabela tenía abrasada el alma; y aunque, en el tiempo que Ricaredo había estado ausente, con algunas señales le había descubierto su deseo, nunca de Isabela fue admitido. Y puesto que la repugnancia y los desdenes en los principios de los amores suelen hacer desistir de la empresa a los enamorados, en Arnesto obraron lo contrario los muchos y conocidos desdenes que le dio Isabela, porque con sus celos ardía y con su honestidad se abrasaba. Y como vio que Ricaredo, según el parecer de la reina, tenía merecida a Isabela, y que en tan poco tiempo se le había de entregar por mujer, quiso desesperarse [14]; pero antes que llegase a tan infame y tan cobarde remedio habló a su madre, diciéndole pidiese a la reina le diese a Isabela por esposa; donde no, que pensase que la muerte estaba llamando a las puertas de su vida. Quedó la camarera admirada de las razones de su hijo, y como conocía la aspereza de su arrojada condición y la tenacidad con que se le pegaban los deseos en el alma, temió que sus amores habían de parar en algún infelice suceso. Con todo eso, como madre, a quien es natural desear y procurar el bien de sus hijos, prometió al suyo de hablar a la reina, no con esperanza de alcanzar della el imposible de romper su palabra, sino por no dejar de intentar cómo en salir desahuciada de los últimos remedios.

Y estando aquella mañana Isabela vestida por orden de la reina tan ricamente que no se atreve la pluma a contarlo, y habiéndole echado la misma reina al cuello una sarta de perlas de las mejores que traía la nave, que las apreciaron en veinte mil ducados, y puéstole un anillo de un diamante, que se apreció en

[14] *desesperarse:* suicidarse; «Desesperarse es matarse de cualquiera manera por despecho; pecado contra el Espíritu Santo» *(Cov.).*

seis mil ducados, y estando alborozadas las damas por la fiesta que esperaban del cercano desposorio, entró la camarera mayor a la reina, y de rodillas le suplicó suspendiese el desposorio de Isabela por otros dos días; que con esta merced sola que su Majestad le hiciese se tendría por satisfecha y pagada de todas las mercedes que por sus servicios merecía y esperaba.

Quiso saber la reina primero por qué le pedía con tanto ahínco aquella suspensión, que tan derechamente iba contra la palabra que tenía dada a Ricaredo; pero no se la quiso dar la camarera hasta que le hubo otorgado que haría lo que le pedía, tanto deseo tenía la reina de saber la causa de aquella demanda. Y así, después que la camarera alcanzó lo que por entonces deseaba, contó a la reina los amores de su hijo, y cómo temía que si no le daban por mujer a Isabela, o se había de desesperar, o hacer algún hecho escandaloso; y que si había pedido aquellos dos días era por dar lugar a que su Majestad pensase qué medio sería a propósito y conveniente para dar a su hijo remedio.

La reina respondió que si su real palabra no estuviera de por medio, que ella hallara salida a tan cerrado laberinto, pero que no la quebrantaría ni defraudaría las esperanzas de Ricaredo por todo el interés del mundo. Esta respuesta dio la camarera a su hijo, el cual, sin detenerse un punto, ardiendo en amor y en celos, se armó de todas armas y sobre un fuerte y hermoso caballo se presentó ante la casa de Clotaldo, y a grandes voces pidió que se asomase Ricaredo a la ventana, el cual a aquella sazón estaba vestido de galas de desposado y a punto para ir a palacio con el acompañamiento que tal acto requería; mas habiendo oído las voces y siéndole dicho quién las daba y del modo que venía, con algún sobresalto se asomó a una ventana, y como le vio Arnesto, dijo:

—Ricaredo, estáme atento a lo que decirte quiero: la reina mi señora te mandó fueses a servirla y a hacer hazañas que te hiciesen merecedor de la sin par Isabela. Tú fuiste, y volviste cargadas las naves de oro, con el cual piensas haber comprado y merecido a Isabela. Y aunque la reina mi señora te la ha prometido, ha sido creyendo que no hay ninguno en su corte que mejor que tú la sirva ni quien con mejor título merezca a Isabela, y en esto bien podrá ser se haya engañado; y así, llegándome a esta opinión que yo tengo por verdad averiguada, digo que ni tú has hecho cosas tales que te hagan merecer a Isabela ni ninguna podrás hacer que a tanto bien te levante; y en razón de que no la mereces, si quieres contradecirme, te desafío a todo trance de muerte.

Calló el conde, y desta manera le respondió Ricaredo:

—En ninguna manera me toca salir a vuestro desafío, señor conde, porque yo confieso, no sólo que no merezco a Isabela, sino que no la merecen ninguno de los que hoy viven en el mundo. Así que, confesando yo lo que vos decís, otra vez digo que no me toca vuestro desafío; pero yo le acepto por el atrevimiento que habéis tenido en desafiarme.

Con esto se quitó de la ventana, y pidió apriesa sus armas. Alborotaron sus parientes y todos aquellos que para ir a palacio habían venido a acompañarle. De la mucha gente que había visto al conde Arnesto armado y le había oído las voces del desafío, no faltó quien lo fue a contar a la reina, la cual mandó al capitán de su guarda que fuese a prender al conde. El capitán se dio tanta priesa, que llegó a tiempo que ya Ricaredo salía de su casa, armado con las armas con que se había desembarcado, puesto sobre un hermoso caballo.

Cuando el conde vio al capitán, luego imaginó a lo que venía, y determinó de no dejar prenderse, y alzando la voz contra Ricaredo, dijo:

—Ya ves, Ricaredo, el impedimento que nos viene. Si tuvieras ganas de castigarme, tú me buscarás; y por la que yo tengo de castigarte, también te buscaré; y pues dos que se buscan fácilmente se hallan, dejemos para entonces la ejecución de nuestros deseos.

—Soy contento —respondió Ricaredo.

En esto llegó el capitán con toda su guarda, y dijo al conde que fuese preso en nombre de su Majestad. Respondió el conde que se daba; pero no para que le llevasen a otra parte que a la presencia de la reina. Contentóse con esto el capitán, y cogiéndole en medio de la guarda le llevó a palacio ante la reina, la cual ya de su camarera estaba informada del amor grande que su hijo tenía a Isabela, y con lágrimas había suplicado a la reina perdonase al conde, que como mozo y enamorado, a mayores yerros estaba sujeto.

Llegó Arnesto ante la reina, la cual, sin entrar con él en razones, le mandó quitar la espada y llevasen preso a una torre.

Todas estas cosas atormentaban el corazón de Isabela y de sus padres, que tan presto veían turbado el mar de su sosiego. Aconsejó la camarera a la reina que para sosegar el mal que podía suceder entre su parentela y la de Ricaredo que se quitase la causa de por medio, que era Isabela, enviándola a España, y así cesarían los efe[c]tos que debían de temerse, añadiendo a estas razones decir que Isabela era católica, y tan cristiana que ninguna de sus persuasiones, que habían sido muchas, la había podido torcer en nada de su católico intento. A lo cual respondió la reina que por eso la estimaba en más, pues tan bien sabía guardar la ley que sus padres la habían enseñado, y que en lo de enviarla a España no tratase, porque su hermosa presencia y sus muchas gracias y virtudes le daban mucho gusto, y que, sin duda, si no aquel día, otro se la había de dar por esposa a Ricaredo, como se lo tenía prometido.

Con esta resolución de la reina quedó la camarera tan desconsolada, que no la replicó palabra, y pareciéndole lo que ya le había parecido, que si no era quitando a Isabela de por medio no había de haber medio alguno que la rigurosa condición de su hijo ablandase ni redujese a tener paz con Ricaredo, determinó de hacer una de las mayores crueldades que pudo caber jamás en pensamiento de mujer principal, y tanto como ella lo era. Y fue su determinación matar con tósigo[15] a Isabela; y como por la mayor parte sea la condición de las mujeres ser prestas y determinadas, aquella misma tarde atosigó a Isabela en una conserva que le dio, forzándola que la tomase por ser buena contra las ansias de corazón que sentía.

Poco espacio pasó después de haberla tomado, cuando a Isabela se le comenzó a hinchar la lengua y la garganta, y a ponérsele denegridos los labios, y a enronquecérsele la voz, tur-

---

[15] *tósigo:* veneno.

bársele los ojos y apretársele el pecho: todas conocidas señales de haberle dado veneno. Acudieron las damas a la reina contándole lo que pasaba y certificándole que la camarera había hecho aquel mal recaudo. No fue menester mucho para que la reina lo creyese, y así, fue a ver a Isabela, que ya casi estaba expirando.

Mandó llamar la reina con priesa a sus médicos, y en tanto que tardaban la hizo dar cantidad de polvos de unicornio, con otros muchos antídotos que los grandes príncipes suelen tener prevenidos para semejantes necesidades. Vinieron los médicos, y esforzaron los remedios y pidieron a la reina hiciese decir a la camarera qué género de veneno le había dado, porque no se dudaba que otra persona alguna sino ella la hubiese envenenado. Ella lo descubrió, y con esta noticia los médicos aplicaron tantos remedios y tan eficaces, que con ellos y con la ayuda de Dios quedó Isabela con vida, o a lo menos con esperanza de tenerla.

Mandó la reina prender a su camarera y encerrarla en un aposento estrecho de palacio, con intención de castigarla como su delito merecía, puesto que ella se disculpaba diciendo que en matar a Isabela hacía sacrificio al cielo, quitando de la tierra a una católica, y con ella la ocasión de las pendencias de su hijo.

Estas tristes nuevas oídas de Ricaredo, le pusieron en términos de perder el juicio: tales eran las cosas que hacía y las lastimeras razones con que se quejaba. Finalmente, Isabela no perdió la vida, que el quedar con ella la naturaleza lo co[n]mutó en dejarla sin cejas, pestañas y sin cabello, el rostro hinchado, la tez perdida, los cueros levantados y los ojos lagrimosos. Finalmente quedó tan fea, que como hasta allí había parecido un milagro de hermosura, entonces parecía un monstruo de fealdad. Por mayor desgracia tenían los que la conocían haber quedado de aquella manera que si la hubiera muerto el veneno. Con todo esto, Ricaredo se la pidió a la reina, y le suplicó se la dejase llevar a su casa, porque el amor que la tenía pasaba del cuerpo al alma, y que si Isabela había perdido su belleza, no podía haber perdido sus infinitas virtudes.

—Así es —dijo la reina—; lleváosla, Ricaredo, y haced cuenta que lleváis una riquísima joya encerrada en una caja de madera tosca; Dios sabe si quisiera dárosla como me la entregastes; pero pues es no posible, perdonadme: quizá el castigo que diere a la cometedora de tal delito satisfará en algo el deseo de la venganza.

Muchas cosas dijo Ricaredo a la reina desculpando a la camarera y suplicándola la perdonase, pues las desculpas que daba eran bastantes para perdonar mayores insultos. Finalmente, le entregaron a Isabela y a sus padres, y Ricaredo los llevó a su casa, digo, a la de sus padres. A las ricas perlas y al diamante añadió otras joyas la reina y otros vestidos, tales, que descubrieron el mucho amor que a Isabela tenía, la cual duró dos meses en su fealdad, sin dar indicio alguno de poder reducirse a su primera hermosura; pero al cabo deste tiempo comenzó a caérsele el cuero y a descubrírsele su hermosa tez.

En este tiempo los padres de Ricaredo, pareciéndoles no ser posible que Isabela en sí volviese, determinaron enviar por la doncella de Escocia con quien primero que con Isabela tenían concertado de casar a Ricaredo, y esto sin que él lo supiese, no dudando que la hermosura presente de la nueva esposa hiciese olvidar a su hijo la ya pasada de Isabela, a la cual pensaban enviar a España con sus padres, dándoles tanto haber y riquezas que recompensasen sus pasadas pérdidas. No pasó mes y medio cuando, sin sabiduría de Ricaredo, la nueva esposa se le entró por las puertas, acompañada como quien ella era, y tan hermosa que después de la Isabela que solía ser no había otra tan bella en toda Londres. Sobresaltóse Ricaredo con la improvisa vista de la doncella, y temió que el sobresalto de su venida había de acabar la vida a Isabela; y así, para templar este temor se fue al lecho donde Isabela estaba, y hallóla en compañía de sus padres, delante de los cuales dijo:

—Isabela de mi alma: mis padres, con el grande amor que me tienen, aún no bien enterados del mucho que yo te tengo, han traído a casa una doncella escocesa con quien ellos tenían concertado de casarme antes que yo conociese lo que vales. Y esto, a lo que creo, con intención que la mucha belleza desta doncella borre de mi alma la tuya, que en ella estampada tengo. Yo, Isabela, desde el punto que te quise fue con otro amor de aquel que tiene su fin y paradero en el cumplimiento del sensual apetito: que puesto que tu corporal hermosura me cautivó los sentidos, tus infinitas virtudes me aprisionaron el alma, de manera que si hermosa te quise, fea te adoro; y para confirmar esta verdad, dame esa mano.

Y dándole ella la derecha y asiéndola él con la suya, prosiguió diciendo:

—Por la fe católica que mis cristianos padres me enseñaron, la cual si no está en la entereza que se requiere, por aquella juro que guarda el Pontífice romano, que es la que yo en mi corazón confieso, creo y tengo, y por el verdadero Dios que nos está oyendo, te prometo, ¡oh Isabela, mitad de mi alma!, de ser tu esposo, y lo soy desde luego si tú quieres levantarme a la alteza de ser tuyo.

Quedó suspensa Isabela con las razones de Ricaredo, y sus padres atónitos y pasmados. Ella no supo qué decir ni hacer otra cosa que besar muchas veces la mano de Ricaredo y decirle, con voz mezclada con lágrimas, que ella le aceptaba por suyo y se entregaba por su esclava. Besóla Ricaredo en el rostro feo, no habiendo tenido jamás atrevimiento de llegarse a él cuando hermoso.

Los padres de Isabela solenizaron con tiernas y muchas lágrimas las fiestas del desposorio. Ricaredo les dijo que él dilataría el casamiento de la escocesa, que ya estaba en casa del modo que después verían, y cuando su padre los quisiese enviar a España a todos tres, no lo rehusasen, sino que se fuesen y le aguardasen en Cádiz o en Sevilla dos años, dentro de los cuales les daba su palabra de ser con ellos, si el cielo tanto tiempo le concedía de vida, y que si deste término pasase, tuviesen por cosa certísima que algún grande impedimento, o la muerte, que era lo más cierto, se había opuesto a su camino.

Isabela le respondió que no solos dos años le aguardaría, sino todos aquellos de su vida hasta estar enterada que él no la tenía, porque en el punto que esto supiese, sería el mismo de su muerte. Con estas tiernas palabras se renovaron las lágrimas en todos, y Ricaredo salió a decir a sus padres como en ninguna manera no se casaría ni daría la mano a su esposa la escocesa sin haber primero ido a Roma a asegurar su conciencia. Tales razones supo decir a ellos y a los parientes que habían venido con Clisterna, que así se llamaba la escocesa, que como todos eran católicos fácilmente las creyeron, y Clisterna se contentó de quedar en casa de su suegro hasta que Ricaredo volviese, el cual pidió de término un año.

Esto ansí puesto y concertado, Clotaldo dijo a Ricaredo como determinaba enviar a España a Isabela y a sus padres, si la reina le daba licencia: quizá los aires de la patria apresurarían y facilitarían la salud que ya comenzaba a tener. Ricaredo, por no dar indicio de sus designios, respondió tibiamente a su padre que hiciese lo que mejor le pareciese; sólo le suplicó que no quitase a Isabela ninguna cosa de las riquezas que la reina le había dado. Prometióselo Clotaldo, y aquel mismo día fue a pedir licencia a la reina, así para casar a su hijo con Clisterna, como para enviar a Isabela y a sus padres a España. De todo se contentó la reina, y tuvo por acertada la determinación de Clotaldo. Y aquel mismo día, sin acuerdo de letrados y sin poner a su camarera en tela de juicio, la condenó en que no sirviese más su oficio y en diez mil escudos de oro para Isabela; y al conde Arnesto, por el desafío, le desterró por seis años de Inglaterra. No pasaron cuatro días, cuando ya Arnesto se puso a punto de salir a cumplir su destierro, y los dineros estuvieron juntos. La reina llamó a un mercader rico que habitaba en Londres, y era francés, el cual tenía correspondencia en Francia, Italia y España, al cual entregó los diez mil escudos y le pidió cédulas para que se los entregasen al padre de Isabela en Sevilla o en otra playa de España. El mercader, descontados sus intereses y ganancias, dijo a la reina que las daría ciertas y seguras para Sevilla sobre otro mercader francés, su correspondiente, en esta forma: que él escribiría a París para que allí se hiciesen las cédulas por otro correspondiente suyo, a causa que rezasen las fechas de Francia y no de Inglaterra, por el contrabando de la comunicación de los dos reinos, y que bastaba llevar una letra de aviso suya sin fecha, con sus contraseñas, para que luego diese el dinero el mercader de Sevilla, que ya estaría avisado del de París. En resolución, la reina tomó tales seguridades del mercader, que no dudó de ser cierta la partida; y no contenta con esto, mandó llamar a un patrón de una nave flamenca que estaba para partirse otro día a Francia a sólo tomar en algún puerto della testimonio para poder entrar en España a título de partir de Francia y no de Inglaterra, al cual pidió encarecidamente llevase en su nave a Isabela y a sus padres, y con toda seguridad y buen tratamiento los pusiese en un puerto de España, el primero a do llegase.

El patrón, que deseaba contentar a la reina, dijo que sí haría, y que los pondría en Lisboa, Cádiz o Sevilla. Tomados, pues, los recaudos del mercader, envió la reina a decir a Clotaldo no quitase a Isabela todo lo que ella la había dado, así de joyas como de vestidos. Otro día vino Isabela y sus padres a despedirse de la reina, que los recibió con mucho amor. Dioles la reina la carta del mercader y otras muchas dádivas, así de dineros como de otras cosas de regalo para el viaje. Con tales razones se lo agradeció Isabela, que de nuevo dejó obligada a la reina para hacerle siempre mercedes. Despidióse de las damas, las cuales, como ya estaba fea, no quisieran que se partiera, viéndose libres de la envidia que a su hermosura tenían y contentas de gozar de sus gracias y discreciones. Abrazó la reina a los tres, y encomendándolos a la buena ventura y al patrón de la nave, y pidiendo a Isabela la avisase de su buena llegada a España, y siempre de su salud, por la vía del mercader francés, se despidió de Isabela y de sus padres, los cuales aquella misma tarde se embarcaron, no sin lágrimas de Clotaldo y de su mujer y de todos los de su casa, de quien era en todo extremo bien querida. No se halló a esta despedida presente Ricaredo, que por no dar muestras de tiernos sentimientos, aquel día hizo que unos amigos suyos le llevasen a caza. Los regalos que la señora Catalina dio a Isabela para el viaje fueron muchos, los abrazos infinitos, las lágrimas en abundancia, las encomiendas de que la escribiese sin número, y los agradecimientos de Isabela y de sus padres correspondieron a todo; de suerte que, aunque llorando, los dejaron satisfechos.

Aquella noche se hizo el bajel a la vela, y habiendo con próspero viento tocado en Francia y tomado en ella los reca[u]dos necesarios para poder entrar en España, de allí a treinta días entró por la barra de Cádiz, donde desembarcaron Isabela y sus padres, y siendo conocidos de todos los de la ciudad, los recibieron con muestras de mucho contento. Recibieron mil parabienes del hallazgo de Isabela y de la libertad que habían alcanzado ansí de los moros que los habían cautivado —habiendo sabido todo su suceso de los cautivos a que dio libertad la liberalidad de Ricaredo— como de la que habían alcanzado de los ingleses.

Ya Isabela en este tiempo comenzaba a dar grandes esperanzas de volver a cobrar su primera hermosura. Poco más de un mes estuvieron en Cádiz, restaurando los trabajos de la navegación, y luego se fueron a Sevilla por ver si salía cierta la paga de los diez mil escudos que librados sobre el mercader francés traían. Dos días después de llegar a Sevilla le buscaron, y le hallaron, y le dieron la carta del mercader francés de la ciudad de Londres. El la reconoció, y dijo que hasta que de París le viniesen las letras y carta de aviso no podía dar el dinero; pero que por momentos aguardaba el aviso.

Los padres de Isabela alquilaron una casa principal frontero de Santa Paula, por ocasión que estaba monja en aquel santo monasterio una sobrina suya, única y extremada en la voz, y así por tenerla cerca como por haber dicho Isabela a Ricaredo que si viniese a buscarla la hallaría en Sevilla y le diría su casa su prima la monja de Santa Paula, y que para conocella no había menester más de preguntar por la monja que tenía la mejor voz en el monasterio, porque estas señas no se le podían olvidar. Otros cuarenta días tardaron de venir los avisos de París; y a dos que llegaron el mercader francés entregó los diez mil ducados a Isabela, y ella a sus padres, y con ellos y con algunos más que hicieron vendiendo algunas de las muchas joyas de Isabela, volvió su padre a ejercitar su oficio de mercader, no sin admiración de los que sabían sus grandes pérdidas. En fin, en pocos meses fue restaurado su perdido crédito y la belleza de Isabela volvió a su ser primero, de tal manera que en hablando de hermosas todos daban el lauro a la española inglesa: que tanto por este nombre como por su hermosura era de toda la ciudad conocida. Por la orden del mercader francés de Sevilla escribieron Isabela y sus padres a la reina de Inglaterra su llegada, con los agradecimientos y sumisiones que requerían las muchas mercedes della recebidas. Asimismo escribieron a Clotaldo y a su señora Catalina, llamándolos Isabela padres, y sus padres, señores. De la reina no tuvieron respuesta; pero de Clotaldo y de su mujer sí, donde las daban el parabién de la llegada a salvo y los avisaban como su hijo Ricaredo, otro día después que ellos se hicieron a la vela, se había partido a Francia, y de allí a otras partes, donde le convenía a ir para seguridad de su conciencia, añadiendo a éstas otras razones y cosas de mucho amor y de muchos ofrecimientos. A la cual carta respondieron con otra no menos cortés y amorosa que agradecida.

Luego imaginó Isabela, que el haber dejado Ricaredo a Inglaterra sería para venirla a buscar a España, y alentada con esta esperanza vivía la más contenta del mundo, y procuraba vivir de manera que cuanto Ricaredo llegase a Sevilla antes le diese en los oídos la fama de sus virtudes que el conocimiento de su casa. Pocas o ninguna vez salía de su casa sino para el monasterio; no ganaba otros jubileos que aquellos que en el monasterio se ganaban. Desde su casa y desde su oratorio andaba con el pensamiento los viernes de Cuaresma la santísima estación de la cruz, y los siete venideros del Espíritu Santo. Jamás visitó el río, ni pasó a Triana, ni vio el común regocijo en el campo de Tablada y puerta de Jerez el día, si le hace claro, de San Sebastián, celebrado de tanta gente que apenas se puede reducir a número. Finalmente, no vio regocijo público ni otra fiesta en Sevilla: todo lo libraba en su recogimiento y en sus oraciones y buenos deseos esperando a Ricaredo. Este su grande retraimiento tenía abrasados y encendidos los deseos no sólo de los pisaverdes [16] del barrio, sino de todos aquellos que una vez la hubiesen visto: de aquí

---

[16] *pisaverdes:* «Este nombre suelen dar al mozo galán, de poco seso, que va pisando de puntillas por no reventar el seso que lleva en los carcañales» *(Cov.).*

nacieron músicas de noche en su calle y carreras de día. Deste no dejar verse y desearlo muchos crecieron las alhajas de las terceras que prometieron mostrarse primas y únicas en solicitar a Isabela, y no faltó quien se quiso aprovechar de lo que llaman hechizos, que no son sino embustes y disparates; pero a todo esto estaba Isabela como roca en mitad del mar, que la tocan, pero no la mueven las olas ni los vientos.

Año y medio era ya pasado cuando la esperanza propincua de los dos años por Ricaredo prometidos comenzó con más ahínco que hasta allí a fatigar el corazón de Isabela. Y cuando ya le parecía que su esposo llegaba y que le tenía ante los ojos y le preguntaba qué impedimentos le habían detenido tanto, cuando ya llegaban a sus oídos las disculpas de su esposo y cuando ya ella le perdonaba y le abrazaba y como a mitad de su alma le recebía, llegó a sus manos una carta de la señora Catalina, fecha en Londres cincuenta días había; venía en lengua inglesa; pero leyéndola en español, vio que así decía:

«Hija de mi alma: Bien conociste a Guillarte, el paje de Ricaredo. Este se fue con él al viaje, que por otra te avisé, que Ricaredo a Francia y a otras partes había hecho el segundo día de tu partida. Pues este mismo Guillarte, a cabo de diez y seis meses que no habíamos sabido de mi hijo, entró ayer por nuestra puerta con nueva que el conde Arnesto había muerto a tración en Francia a Ricaredo. Considera, hija, cuál quedaríamos su padre y yo y su esposa con tales nuevas; tales digo, que aun no nos dejaron poner en duda nuestra desventura. Lo que Clotaldo y yo te rogamos otra vez, hija de mi alma, es que encomiendes muy de veras a Dios la de Ricaredo, que bien merece este beneficio el que tanto te quiso como tú sabes. También pedirás a Nuestro Señor nos dé a nosotros paciencia y buena muerte, a quien nosotros, también pediremos y suplicaremos te dé a ti y a tus padres largos años de vida.»

Por la letra y por la firma no le quedó que dudar a Isabela para no creer la muerte de su esposo. Conocía muy bien al paje Guillarte, y sabía que era verdadero y que de suyo no habría querido ni tenía para qué fingir aquella muerte, ni menos su madre, la señora Catalina, la habría fingido, por no importarle nada enviarle nuevas de tanta tristeza. Finalmente, ningún discurso que hizo, ninguna cosa que imaginó le pudo quitar del pensamiento no ser verdadera la nueva de su desventura.

Acabada de leer la carta, sin derramar lágrimas ni dar señales de doloroso sentimiento, con sesgo rostro y al parecer con sosegado pecho, se levantó de un estrado donde estaba sentada y se entró en un oratorio, y hincándose de rodillas ante la imagen de un devoto crucifijo hizo voto de ser monja, pues lo podía ser teniéndose por viuda. Sus padres disimularon y encubrieron con discreción la pena que les había dado la triste nueva, por poder consolar a Isabela en la amarga que sentía; la cual, casi como satisfecha de su dolor, templándole con la santa y cristiana resolución que había tomado, ella consolaba a sus padres, a los cuales descubrió su intento, y ellos le aconsejaron que no le pusiese en ejecución hasta que pasasen los dos años que Ricaredo había puesto por término a su venida, que con esto se confirmaría la verdad de la muerte de Ricaredo y ella con más seguridad podía mudar de estado. Ansí lo hizo Isabela, y los seis meses y medio que quedaban para cumplirse los dos años los pasó en ejercicios de religiosa y en concertar la entrada del monasterio, habiendo elegido el de Santa Paula, donde estaba su prima.

Pasóse el término de los dos años y llegóse el día de tomar el hábito, cuya nueva se extendió por la ciudad, y de los que conocían de vista a Isabela y de aquellos que por sola su fama se llenó el monasterio y la poca distancia que dél a la casa de Isabela había. Y convidando su padre a sus amigos y aquéllos a otros, hicieron a Isabela uno de los más honrados acompañamientos que en semejantes actos se había visto en Sevilla. Hallóse en él el asistente y el provisor de la Iglesia y vicario del arzobispo, con todas las señoras y señores de título que había en la ciudad: tal era el deseo que en todos había de ver el sol de la hermosura de Isabela, que tantos meses se les había eclipsado; y como es costumbre de las doncellas que van a tomar el hábito ir lo posible galanas y bien compuestas, como quien en aquel punto echa el resto de la bizarría y se descarta della, quiso Isabela ponerse lo más bizarra que le fue posible; y así, se vistió con aquel vestido mismo que llevó cuando fue a ver a la reina de Inglaterra, que ya se ha dicho cuán rico y cuán vistoso era. Salieron a luz las perlas y el famoso diamante, con el collar y cintura, que asimismo era de mucho valor. Con este adorno y con su gallardía, dando ocasión para que todos alabasen a Dios en ella, salió Isabela de su casa a pie, que el estar tan cerca el monasterio excusó los coches y carrozas. El concurso de la gente fue tanto, que les pesó de no haber entrado en los coches, que no les daban lugar de llegar al monasterio. Unos bendecían a sus padres, otros al cielo, que de tanta hermosura la había dotado; unos se empinaban por verla; otros, habiéndola visto una vez, corrían adelante por verla otra. Y el que más solícito se mostró en esto, y tanto que muchos echaron de ver en ello, fue un hombre vestido en hábito de los que vienen rescatados de cautivos, con una insignia de la Trinidad en el pecho, en señal que han sido rescatados por la limosna de sus redemptores. Este cautivo, pues, al tiempo que ya Isabela tenía un pie dentro de la portería del convento, donde habían salido a recebirla, como es uso, la priora y las monjas con la cruz, a grandes voces dijo:

—Detente, Isabela; detente, que mientras yo fuere vivo no puedes tú ser religiosa.

A estas voces, Isabela y sus padres volvieron los ojos, y vieron que hendiendo por toda la gente hacia ellos venía aquel cautivo, que habiéndosele caído un bonete azul redondo que en la cabeza traía descubrió una confusa madeja de cabellos de oro ensortijados y un rostro como el carmín y como la nieve, colorado y blanco, señales que luego le hicieron conocer y juzgar por extranjero de todos. En efe[c]to, cayendo y levantando llegó donde Isabela estaba, y asiéndola de la mano le dijo:

—¿Conócesme, Isabela? Mira que yo soy Ricaredo, tu esposo.

—Sí conozco —dijo Isabela—, si ya no eres fantasma que viene a turbar mi reposo.

Sus padres le asieron y atentamente le miraron, y en resolución conocieron ser Ricaredo el cautivo, el cual, con lágrimas en los ojos, hincando las rodillas delante de Isabela, le suplicó que no impidiese la extrañeza del traje en que estaba su buen conocimiento ni estorbase su baja fortuna que ella no correspondiese a la palabra que entre los dos se habían dado. Isabela, a pesar de la impresión que en su memoria había hecho la carta de la madre de Ricaredo, dándole nuevas de su muerte, quiso dar más crédito a sus ojos y a la verdad que presente tenía, y así, abrazándose con el cautivo, le dijo:

—Vos, sin duda, señor mío, sois aquel que sólo podrá impedir mi cristiana determinación. Vos, señor, sois sin duda la mitad de mi alma, pues sois mi verdadero esposo. Estampado os tengo en mi memoria y guardado en mi alma. Las nuevas que de vuestra muerte me escribió mi señora y vuestra madre, ya que no me quitaron la vida, me hicieron escoger la de la religión, que en este punto quería entrar a vivir en ella. Mas pues Dios con tan justo impedimento muestra querer otra cosa, ni podemos ni conviene que por mi parte se impida. Venid, señor, a la casa de mis padres, que es vuestra, y allí os entregaré mi posesión por los términos que pide nuestra santa fe católica.

Todas estas razones oyeron los circunstantes, y el asistente, y vicario, y provisor del arzobispo, y de oírlas se admiraron y suspendieron, y quisieron que luego se les dijese qué historia esa aquélla, qué extranjero aquél, y de qué casamiento trataban. A todo lo cual respondió el padre de Isabela, diciendo que aquella historia pedía otro lugar y algún término para decirse. Y así, suplicaba a todos aquellos que quisiesen saberla diesen la vuelta a su casa, pues estaba tan cerca, que allí se la contarían de modo que con la verdad quedasen satisfechos y con la grandeza y extrañeza de aquel suceso admirados. En esto, uno de los presentes alzó la voz, diciendo:

—Señores: este mancebo es un gran cosario inglés, que yo le conozco, y es aquel que habrá poco más de dos años tomó a los cosarios de Argel la nave de Portugal que venía de las Indias. No hay duda sino que es él, que yo le conozco, porque él me dio libertad y dineros para venir a España, y no sólo a mí, sino a otros tre[s]cientos cautivos.

Con estas razones se alborotó la gente y se avivó el deseo que todos tenían de saber y ver la claridad de tan intrincadas cosas. Finalmente, la gente más principal, con el asistente y aquellos dos señores eclesiásticos, volvieron a acompañar a Isabela a su casa, dejando a las monjas tristes, confusas y llorando por lo que perdían en [no] tener en su compañía a la hermosa Isabela, la cual estando en su casa, en una gran sala della hizo que aquellos señores se sentasen. Y aunque Ricaredo quiso tomar la mano en contar su historia, todavía le pareció que era mejor fiarlo de la lengua y discreción de Isabela y no de la suya, que no muy expertamente hablaba la lengua castellana.

Callaron todos los presentes, y teniendo las almas pendientes de las razones de Isabela, ella así comenzó su cuento, el cual le reduzco yo a que dijo todo aquello que desde el día que Clotaldo la robó en Cádiz hasta que entró y volvió a él le había sucedido, contando asimismo la batalla que Ricaredo había tenido con los turcos, la liberalidad que había usado con los cristianos, la palabra que entrambos a dos se habían dado de ser marido y mujer, la promesa de los dos años, las nuevas que había tenido de su muerte, tan ciertas a su parecer, que la pusieron en el término que habían visto de ser religiosa. Engrandeció la liberalidad de la reina, la cristiandad de Ricaredo y de sus padres, y acabó con decir que dijese Ricaredo lo que le había sucedido después que salió de Londres hasta el punto presente, donde le veían con hábito de cautivo y con una señal de haber sido rescatado por limosna.

—Así es —dijo Ricaredo—, y en breves razones sumaré los inmensos trabajos míos.

«Después que me partí de Londres por excusar el casamiento que no podía hacer con Clisterna, aquella doncella escocesa católica con quien ha dicho Isabela que mis padres me querían casar, llevando en mi compañía a Guillarte, aquel paje que mi madre escribe que llevó a Londres las nuevas de mi muerte, atravesa[n]do por Francia llegué a Roma, donde se alegró mi alma y se fortaleció mi fe. Besé los pies al Sumo Pontífice, confesé mis pecados con el mayor penitenciero, absolvióme dellos, y diome los recaudos necesarios que diesen fe de mi confesión y penitencia y de la reducción que había hecho a nuestra universal madre la Iglesia. Hecho esto, visité los lugares tan santos como innumerables que hay en aquella ciudad santa, y de dos mil escudos que tenía en oro di los mil seiscientos a un cambio, que me los libró en esta ciudad sobre un tal Roqui, florentín. Con los cuatrocientos que me quedaron, con intención de venir a España, me partí para Génova, donde había tenido nuevas que estaban dos galeras de aquella Señoría de partida para España. Llegué con Guillarte mi criado a un lugar que se llama Aquapendente[17] que viniendo de Roma a Florencia es el último que tiene el Papa, y en una hostería o posada donde me apeé hallé al conde Arnesto, mi mortal enemigo, que con cuatro criados, disfrazado y encubierto, más por ser curioso que por ser católico, entiendo que iba a Roma. Creí sin duda que no me había conocido. Encerréme en un aposento con mi criado, y estuve con cuidado y con determinación de mudarme a otra posada en cerrando la noche; no lo hice ansí porque el descuido grande que no sé que tenían el conde y sus criados, me aseguró que no me habían conocido. Cené en mi aposento, cerré la puerta, apercebí mi espada, encomendéme a Dios y no quise acostarme. Durmióse mi criado, y yo sobre una silla me quedé medio dormido; mas poco después de la media noche me despertaron para hacerme dormir el eterno sueño cuatro pistoletes que, como después supe, dispararon contra mí el conde y sus criados, y dejándome por muerto, teniendo ya a punto los caballos, se fueron, diciendo al huésped de la posada que me enterrase, porque era hombre principal, y con esto se fueron.

»Mi criado, según dijo después el huésped, despertó al ruido y con el miedo se arrojó por una ventana que caía a un patio, y diciendo: "¡Desventurado de mí, que han muerto a mi señor!", se salió del mesón. Y debió de ser con tal miedo, que no debió de parar hasta Londres, pues él fue el que llevó las nuevas de mi muerte. Subieron los de la hostería y halláronme atravesado con cuatro balas y con muchos perdigones; pero to-

---

[17] *Aquapendente:* Ciudad italiana, provincia de Roma y territorio de Orvieto, que contaba con 1.401 habitantes en el año 1656; su nombre viene de una gran cascada en el lugar *(Enciclopedia Espasa).*

das por partes de que ninguna fue mortal la herida. Pedí confesión y todos los sacramentos como católico cristiano; diéronmelos, curáronme, y no estuve para ponerme en camino en dos meses, al cabo de los cuales vine a Génova, donde no hallé otro pasaje sino en dos falugas [18] que fletamos yo y otros dos principales españoles, la una para que fuese delante descubriendo y la otra donde nosotros fuésemos. Con esta seguridad nos embarcamos, navegando tierra a tierra con intención de no engolfarnos; pero llegando a un paraje que llaman las Tres Marías que es en la costa de Francia, yendo nuestra primera faluga descubriendo, a deshora salieron de una cala dos galeotas turquescas, y tomándonos la una la mar y la otra la tierra, cuando íbamos a embestir en ella, nos cortaron el camino y nos cautivaron. En entrando en la galeota nos desnudaron hasta dejarnos en carnes. Despojaron las falugas de cuanto llevaban y dejáronlas embestir en tierra sin echallas a fondo, diciendo que aquéllas les servirían otra vez de traer otra galima que con este nombre llaman ellos a los despojos que de los cristianos toman. Bien se me podrá creer si digo que sentía en el alma mi cautiverio, y sobre todo la pérdida de los recaudos de Roma, donde en una caja de lata los traía, con la cédula de los mil seiscientos ducados; mas la buena suerte quiso que viniese a manos de un cristiano cautivo español, que los guardó: que si viniera a poder de los turcos, por lo menos había de dar por mi rescate lo que rezaba la cédula, que ellos averiguarían cúya era.

»Trujéronnos a Argel, donde hallé que estaban rescatando los padres de la Santísima Trinidad. Hablélos, díjeles quién era, y movidos de caridad aunque yo era extranjero, me rescataron en esta forma: que dieron por mí tre[s]cientos ducados, los ciento luego y los do[s]cientos cuando volviese el bajel de la limosna a rescatar al padre de la redempción, que se quedaba en Argel empeñado en cuatro mil ducados, que había gastado más de los que traía. Porque a toda esta misericordia y liberalidad se extiende la caridad destos padres, que dan su libertad

---

[18] *falugas:* Una faluga es «embarcación pequeña que tiene sólo seis remos y ninguna cubierta» *(Aut., s.v.,* «faluca»).

por la ajena y se quedan cautivos por rescatar los cautivos. Por añadidura del bien de mi libertad hallé la caja perdida, con los recaudos y la cédula. Mostrésela al bendito padre que me había rescatado, y ofrecíle quinientos ducados más de los de mi rescate para ayuda de su empeño. Casi un año se tardó en volver la nave de la limosna; y lo que en estos años me pasó, a poderlo contar ahora, fuera otra nueva historia. Sólo diré que fui conocido de uno de los veinte turcos que di libertad con los demás cristianos ya referidos, y fue tan agradecido y tan hombre de bien que no quiso descubrirme; porque a conocerme los turcos por aquél que había echado a fondo sus dos bajeles y quitádoles de las manos la gran nave de la India, o me presentaran al Gran Turco o me quitaran la vida; y de presentarme al Gran Señor redundara no tener libertad en mi vida. Finalmente, el padre redemptor vino a España conmigo y con otros cincuenta cristianos rescatados. En Valencia hicimos la procesión general, y desde allí cada uno se partió donde más le plugo, con las insignias de su libertad, que son estos habiticos. Hoy llegué a esta ciudad, con tanto deseo de ver a Isabela mi esposa, que sin detenerme a otra cosa pregunté por este monasterio, donde me habían de dar nuevas de mi esposa. Lo que en él me ha sucedido ya se ha visto. Lo que queda por ver son estos recaudos, para que se pueda tener por verdadera mi historia, que tiene tanto de milagrosa como de verdadera.

Y luego, en diciendo esto, sacó de una caja de lata los recaudos que decía, y se los puso en las manos del provisor, que los vio junto con el señor asistente, y no halló en ellos cosa que le hiciese duda de la verdad que Ricaredo había contado. Y para más confirmación della ordenó el cielo que se hallase presente a todo esto el mercader florentín sobre quien venía la cédula de los mil seiscientos ducados, el cual pidió que le mostrasen la cédula y mostrándosela la reconoció, y la aceptó para luego, porque él muchos meses había que tenía aviso desta partida. Todo esto fue añadir admiración a admiración y espanto a espanto. Ricaredo dijo que de nuevo ofrecía los quinientos ducados que había prometido. Abrazó el asistente a Ricaredo y a los padres de Isabela, y a ella, ofreciéndoseles a todos con corteses razones. Lo mismo hicieron los dos señores eclesiásticos, y rogaron a Isabela que pusiese toda aquella historia por escrito, para que la leyese su señor el arzobispo, y ella lo prometió.

El grande silencio que todos los circunstantes habían tenido escuchando el extraño caso se rompió en dar alabanzas a Dios por sus grandes maravillas, y dando desde el mayor hasta el más pequeño el parabién a Isabel, a Ricaredo y a sus padres, los dejaron; y ellos suplicaron al asistente honrase sus bodas, que de allí a ocho días pensaban hacerlas. Holgó de hacerlo así el asistente, y de allí a ocho días, acompañado de los más principales de la ciudad, se halló en ellas.

Por estos rodeos y por estas circunstancias los padres de Isabela cobraron su hija y restauraron su hacienda, y ella, favorecida del cielo y ayudada de sus muchas virtudes, a despecho de tantos inconvenientes, halló marido tan principal como Ricaredo, en cuya compañía se piensa que aún hoy vive en las casas que alquilaron frontero de Santa Paula, que después las compraron de los herederos de un hidalgo burgalés que se llamaba Hernando de Cifuentes.

Esta novela nos podría enseñar cuánto puede la virtud y cuánto la hermosura, pues son bastante juntas y cada una de por sí a enamorar aun hasta los mismos enemigos, y de cómo sabe el cielo sacar de las mayores advesidades nuestras, nuestros mayores provechos.

El celoso extremeño

No ha muchos años que de un lugar de Extremadura salió un hidalgo, nacido de padres nobles, el cual, como un otro Pródigo por diversas partes de España, Italia y Flandes anduvo gastando así los años como la hacienda; y al fin de muchas peregrinaciones, muertos ya sus padres y gastado su patrimonio, vino a parar a la gran ciudad de Sevilla, donde halló ocasión muy bastante para acabar de consumir lo poco que le quedaba. Viéndose, pues, tan falto de dineros, y aun no con muchos amigos, se acogió al remedio a que otros muchos perdidos en aquella ciudad se acogen, que es el pasarse a las Indias, refugio y amparo de los desesperados de España, iglesia de los alzados [1], salvoconducto de los homicidas, pala [2] y cubierta de los jugadores a quien llaman *ciertos*

---

[1] *alzados*: Son los que han sufrido bancarrota o fracasados en un negocio, defraudando a los deudores; buscan asilo en lugar seguro para no ser detenidos por la justicia; *Autoridades* define la expresión «alzarse con el banco» así: «Entre hombres de negocios, banqueros y mercaderes, es lo mismo que quebrar, retirándose a la iglesia, u otro paraje seguro.»

[2] *pala*: Es el encubridor en germanía; hacer pala «en la germanía significa ponerse un ladrón delante de alguno a quien quieren robar, para ocuparle la vista» *(Aut.)*; 36.

los peritos en el arte, añagaza general de mujeres libres, engaño común de muchos y remedio particular de pocos.

En fin, llegado el tiempo en que una flota se partía para Tierra firme acomodándose con el almirante della, aderezó su matalotaje [3] y su mortaja de esparto y embarcándose en Cádiz, echando la bendición a España, zarpó la flota, y con general alegría dieron las velas al viento, que blando y próspero soplaba, el cual en pocas horas les encubrió la tierra y les descubrió las anchas y espaciosas llanuras del gran padre de las aguas, el mar Océano.

Iba nuestro pasajero pensativo, revolviendo en su memoria los muchos y diversos peligros que en los años de su peregrinación había pasado, y el mal gobierno que en todo el discurso de su vida había tenido; y sacaba de la cuenta que a sí mismo se iba tomando una firme resolución de mudar manera de vida, y de tener otro estilo en guardar la hacienda que Dios fuese servido de darle, y de proceder con más recato que hasta allí con las mujeres.

La flota estaba como en calma cuando pasaba consigo esta tormenta Felipo de Carrizales, que éste es el nombre del que ha dado materia a nuestra novela. Tornó a soplar el viento, impeliendo con tanta fuerza los navíos, que no dejó a nadie en sus asientos; y así, le fue forzoso a Carrizales dejar sus imaginaciones y dejarse llevar de solos los cuidados que el viaje le ofrecía; el cual viaje fue tan próspero, que sin recibir algún revés ni contraste llegaron al puerto de Cartagena [4]. Y por concluir con todo lo que no hace a nuestro propósito, digo que la edad que tenía Felipo cuando pasó a las Indias sería de cuarenta y ocho años, y en veinte que en

---

[3] *matalotaje*: «La prevención de comida que se lleva en el navío o galera. Al principio debió significar lo que el patrón de la nave, o capitán, entraba y recogía para el sustento de los remeros y marineros...» *(Cov.)*.

[4] *puerto de Cartagena*: Cartegena de Indias, es decir, el puerto que perteneció —en tiempos de Cervantes— al reino del Perú era importante ciudad de Colombia.

ellas estuvo, ayudado de su industria y diligencia, alcanzó a tener más de ciento y cincuenta mil pesos ensayados.

Viéndose, pues, rico y próspero, tocado del natural deseo que todos tienen de volver a su patria, pospuestos grandes intereses que se le ofrecían, dejando el Pirú, donde había granjeado tanta hacienda, trayéndola toda en barras de oro y plata, y registrada, por quitar inconvenientes, se volvió a España. Desembarcó en Sanlúcar, llegó a Sevilla, tan lleno de años como de riquezas; sacó sus partidas sin zozobras; buscó sus amigos: hallólos todos muertos; quiso partirse a su tierra, aunque ya había tenido nuevas que ningún pariente le había dejado la muerte. Y si cuando iba a Indias, pobre y menesteroso, le iban combatiendo muchos pensamiento, sin dejarle sosegar un punto en mitad de las ondas del mar, no menos ahora en el sosiego de la tierra le combatían, aunque por diferente causa: que si entonces no dormía por pobre, ahora no podía sosegar de rico; que tan pesada carga es la riqueza al que no está usado a tenerla ni sabe usar della, como lo es la pobreza al que continuo la tiene. Cuidados acarrea el oro y cuidados la falta dél; pero los unos se remedian con alcanzar alguna mediana cantidad, y los otros se aumentan mientras más parte se alcanza.

Contemplaba Carrizales en sus barras, no por miserable, porque en algunos años que fue soldado aprendió a ser liberal, sino en lo que había de hacer dellas, a causa que tenerlas en ser[5] era cosa infrutuosa, y tenerlas en casa, cebo para los codiciosos y despertador para los ladrones.

Habíase muerto en él la gana de volver al inquieto trato de las mercancías y parecíale que, conforme a los años que tenía, le sobraban dineros para pasar la vida, y quisiera pasarla en su tierra y dar en ella su hacienda a tributo, pasando en ella los años de su vejez, inquietud y sosiego, dando a Dios lo que podía, pues había dado al mundo más de lo que debía. Por otra parte, consideraba que la estrecheza de su

[5] *tenerlas en ser*: Es decir, tenerlas en la forma de barras de plata.

patria era mucha y la gente muy pobre, y que el irse a vivir a ella era ponerse por blanco de todas las importunidades que los pobres suelen dar al rico que tienen por vecino, y más cuando no hay otro en el lugar a quien acudir con sus miserias. Quisiera tener a quien dejar sus bienes después de sus días, y con este deseo tomaba el pulso a su fortaleza, y parecíale que aún podía llevar la carga del matrimonio; y en viniéndole este pensamiento, le sobresaltaba un tan gran miedo, que así se le desbarataba y deshacía como hace a la niebla el viento; porque de su natural condición era el más celoso hombre del mundo, aun sin estar casado, pues con sólo la imaginación de serlo le comenzaban a ofender los celos, a fatigar las sospechas y a sobresaltar las imaginaciones, y esto con tanta eficacia y vehemencia, que de todo en todo propuso de no casarse.

Y estando resuelto en esto, y no lo estando en lo que había de hacer de su vida, quiso su suerte que pasando un día por una calle, alzase los ojos y viese a una ventana puesta una doncella, al parecer de edad de trece o catorce años, de tan agradable rostro y tan hermosa que, sin ser poderoso para defenderse, el buen viejo Carrizales rindió la flaqueza de sus muchos años a los pocos de Leonora, que así era el nombre de la hermosa doncella. Y luego, sin más detenerse, comenzó a hacer un gran montón de discursos, y hablando consigo mismo decía:

—Esta muchacha es hermosa, y a lo que muestra la presencia desta casa, no debe de ser rica; ella es niña: sus pocos años pueden asegurar mis sospechas. Casarse he con ella: encerraréla y haréla a mis mañas, y con esto no tendrá otra condición que aquella que yo le enseñaré. Y no soy tan viejo que pueda perder la esperanza de tener hijos que me hereden. De que tenga dote o no no hay para qué hacer caso, pues el cielo me dio para todos y los ricos no han de buscar en sus matrimonios hacienda, sino gusto: que el gusto alarga la vida y los disgustos entre los casados la acortan. Alto, pues: echada está la suerte, y ésta es la que el cielo quiere que yo tenga.

Y así hecho este soliloquio, no una vez, sino ciento, al cabo de algunos días habló con los padres de Leonora, y supo como, aunque pobres, eran nobles; y dándoles cuenta de su intención y de la calidad de su persona y hacienda, les rogó le diesen por mujer a su hija. Ellos le pidieron tiempo para informarse de lo que decía, y que él también le tendría para enterarse ser verdad lo que de su nobleza le habían dicho. Despidiéronse, informáronse las partes, y hallaron ser ansí lo que entrambos dijeron; y, finalmente, Leonora quedó por esposa de Carrizales, habiéndola dotado primero en veinte mil ducados: tal estaba de abrasado el pecho del celoso viejo.

El cual apenas dio el sí de esposo, cuando de golpe le embistió un tropel de rabiosos celosos, y comenzó sin causa alguna a temblar ya tener mayores cuidados que jamás había tenido. Y la primera muestra que dio de su condición celosa fue no querer que sastre alguno tomase la medida a su esposa de los muchos vestidos que pensaba hacerle, y así anduvo mirando cuál otra mujer tendría, poco más o menos, el talle y el cuerpo de Leonora, y halló una pobre, a cuya medida hizo hacer una ropa y probándosela su esposa halló que le venía bien, y por aquella medida hizo los demás vestidos, que fueron tantos y tan ricos, que los padres de la desposada tuvieron por más dichosos en haber acertado con tan buen yerno, para remedio suyo y de su hija. la niña estaba asombrada de ver tantas galas, a causa que las que ella en su vida se había puesto no pasaban de una saya de raja y una ropilla de tafetán.

La segunda señal que dio Felipo fue no querer juntarse con su esposa hasta tenerle puesta casa aparte, la cual aderezó en esta forma: compró una en doce mil ducados, en un barrio principal de la ciudad, que tenía agua de pie [6] y jardín con muchos naranjos; cerró todas las ventanas que miraban a la calle, y dióles vista al cielo, y lo mismo hizo de todas las

[6] *agua de pie*: «... lo mismo que agua corriente, o de fuente, a diferencia de la de los pozos y norias» *(Aut.)*.

otras de casa. En el portal de la calle, que en Sevilla llaman *casapuerta*, hizo una caballeriza para una mula, y encima de ella un pajar y apartamiento donde estuviese el que había de curar della, que fue un negro viejo y eunuco; levantó las paredes de las azoteas de tal manera que el que entraba en la casa había de mirar al cielo por línea recta, sin que pudiesen ver otra cosa; hizo torno que de la casapuerta respondía al patio.

Compró un rico menaje para adornar la casa, de modo que por tapicerías, estrados y doseles ricos mostraba ser de un gran señor; compró, asimismo, cuatro esclavas blancas, y herrólas en el rostro, y otras dos negras bozales[7].

Concertóse con un despensero que le trujese y comprase de comer, con condición que no durmiese en casa ni entrase en ella sino hasta el torno, por el cual había de dar lo que trujese. Hecho esto, dio parte de su hacienda a censo, situada en diversas y buenas partes, otra puso en el banco, y quedóse con alguna, para lo que se le ofreciese. Hizo asimismo llave maestra para toda la casa, y encerró en ella todo lo que suele comprarse en junto y en sus sazones, para la provisión de todo el año; y teniéndolo todo así aderezado y compuesto, se fue a casa de sus suegros y pidió a su mujer que se la entregaron no con pocas lágrimas, porque les pareció que la llevaban a la sepultura.

La tierna Leonora aún no sabía lo que la había acontecido, y así llorando con sus padres, les pidió su bendición, y despidiéndose de ellos, rodeada de sus esclavas y criadas, asida de la mano de su marido, se vino a su casa, y en entrando en ella les hizo Carrizales un sermón a todas, encargándoles la guarda de Leonora y que por ninguna vía ni en ningún modo dejasen entrar a nadie de la segunda puerta adentro, aunque fuese el negro eunuco. Y a quien más encargó la guarda y regalo de Leonora fue a una dueña de mucha prudencia y gravedad, que recibió como para aya de Leonora y

[7] *bozales*: negros recién sacados de su país; Covarrubias dice que el bozal «es el negro que no sabe otra lengua que la suya, y la lengua, o lenguaje se llama labio, y los labios bezos; de boca, boza y de allí bozal».

para que fuese superintendente de todo lo que en la casa se hiciese y para que mandase a las esclavas y a otras dos doncellas de la misma edad de Leonora, que para que se entretuviese con las de su mismos años asimismo había recebido.

Prometióles que las trataría y regalaría a todas de manera que no sintiesen su encerramiento, y que los días de fiesta todos, sin faltar ninguno, irían a oír misa; pero tan de mañana, que apenas tuviese la luz lugar de verlas. Prometiéronle las criadas y esclavas de hacer todo aquello que les mandaba, sin pesadumbres, con prompta voluntad y buen ánimo. Y la nueva esposa, encogiendo los hombros, bajó la cabeza y dijo que ella no tenía otra voluntad que la de su esposo y señor, a quien estaba siempre obediente.

Hecha esta prevención y recogido el buen extremeño en su casa, comenzó a gozar como pudo los frutos del matrimonio, los cuales a Leonora, como no tenía experiencia de otros, ni eran gustosos ni desabridos; y así pasaba el tiempo con su dueña, doncellas y esclavas, y ella, por pasarle mejor, dieron en ser golosas, y pocos día se pasaban sin hacer mil cosas a quien la miel y el azúcar hacen sabrosas. Sobrábales para esto en grande abundancia lo que había menester, y no menos sobraba en su amo la voluntad de dárselo, pareciéndole que con ello las tenía entretenidas y ocupadas, sin tener lugar donde ponerse a pensar en su encerramiento.

Leonora andaba a lo igual con sus criadas, y se entretenía en lo mismo que ellas, y aun dio con su simplicidad en hacer muñecas y en otras niñerías, que mostraban la llaneza de su condición y la terneza de sus años; todo lo cual era de grandísima satisfac[c]ión para el celoso marido, pareciéndole que había acertado a escoger la vida mejor que se la supo imaginar y que por ninguna vía la industria ni la malicia humana podían perturbar su sosiego. Y así, sólo se desvelaba en traer regalos a su esposa y en acordarle le pidiese todos cuantos le viniesen al pensamiento, que de todos sería servida.

Los días que iba a misa, que, como está dicho era entre dos luces, venían sus padres, y en la iglesia hablaban a su hija, delante de su marido, el cual les daba tantas dádivas que, aunque tenían lástima a su hija por la estrecheza en que vivía, la templaban con las muchas dádivas que Carrizales, su liberal yerno, les daba.

Levantábase de mañana y aguardaba a que el despensero viniese, a quien de la noche antes, por una cédula que ponían en el torno, le avisaban lo que había de traer otro día; y en viniendo el despensero, salía de casa Carrizales, las más veces a pie, dejando cerradas las dos puertas, la de la calle y la de en medio, y entre las dos quedaba el negro.

Íbase a sus negocios, que eran pocos, y con brevedad daba la vuelta, y encerrándose, se entretenía en regalar a su esposa y acarician a sus criadas, que todas le querían bien, por ser de condición llana y agradable, y sobre todo por mostrarse tan liberal con todas.

Desta manera pasaron un año de noviciado, y hicieron profesión en aquella vida, determinándose de llevarla hasta el fin de las suyas; y así fuera si el sagaz perturbador del género humano no lo estorbara, como ahora oiréis.

Dígame ahora el que se tuviere por más discreto y recatado qué más prevenciones para su seguridad podía haber hecho el anciano Felipo, pues aún no consintió que dentro de su casas hubiese algún animal que fuese varón. A los ratones della jamás los persiguió gato, ni en ella se oyó ladrido de perro; todos eran del género femenino. De día pensaba, de noche no dormía; él era la ronda y centinela de su casa y el Argos[8] de lo que bien quería. Jamás entró hombre de la puerta adentro del patio. Con sus amigos negociaba en la calle. Las figuras de los paños que sus salas y cuadras adornaban, todas eran hembras, flores y boscajes. Toda su casa olía a honestidad, recogimiento y recato: aun hasta en las consejas que en las largas noches de invierno, en la chimenea, sus criadas contaban, por estar él presente, en ninguna ningún género de lascivia se descubría. La plata de la canas del viejo a los ojos de Leonor parecían cabellos de oro puro, porque el amor primero que las doncellas tienen se les imprime en el alma como el sello en

[8] *Argos*: El de cien ojos.

la cera. Su demasiada guarda le parecía advertido recato; pensaba y creía que lo que ella pasaba pasaban todas las recién casadas. No se desmandaban sus pensamientos a salir de las paredes de su casa, ni su voluntad deseaba otra cosa más de aquella que la de su marido quería; sólo los días que iba a misa veía las calles, y esto era tan de mañana, que si no era al volver de la iglesia, no había luz para mirallas.

No se vio monasterio tan cerrado, ni monjas más recogidas, ni manzanas de oro tan guardadas; y con todo esto, no pudo en ninguna manera prevenir ni excusar de caer en lo que recelaba; a lo menos, en pensar que había caído.

Hay en Sevilla un género de gente ociosa y holgazana, a quien comúnmente suelen llamar gente de barrio. Estos son los hijos de vecino de cada colación, y de los más ricos della; gente baldía, atildada y meliflua, de la cual y de su traje y manera de vivir, de su condición y de las leyes que guardan entre sí, había mucho que decir; pero por buenos respectos se deja.

Uno destos galanes, pues, que entre ellos es llamado *virote,* mozo soltero, que a los recién casado llaman *mantones,* asestó a mirar la casa del recatado Carrizales, y viéndola siempre cerrada, le tomó gana de saber quién vivía dentro; y con tanto ahínco y curiosidad hizo la diligencia que de todo vino a saber lo que deseaba.

Supo la condición del viejo, de la hermosura de su esposa y el modo que tenía en guardarla; todo lo cual le encendió el deseo de ver si sería posible expuñar, por fuerza o por industria, fortaleza tan guardada. Y comunicándolo con dos virotes y un mantón sus amigos, acordaron que se pusiese por obra, que nunca para tales obras faltan consejeros y ayudadores.

Dificultaban el modo que se tendría para intentar tan dificultosa hazaña; y habiendo entrado en bureo [9] muchas veces, convinieron es esto: que fingiendo Loaysa, que así se

---

[9] *entrado en bureo*: Es decir, habiéndose reunido a menudo para conversar sobre el asunto; Covarrubias describe «bureo» como «la junta de los mayordomos de la casa real, para el gobierno della; ...».

llamaba el virote, que iba fuera de la ciudad por algunos días, se quitase de los ojos de sus amigos, como lo hizo; y hecho esto, se puso unos calzones de lienzo limpio y camisa limpia; pero encima se puso unos vestidos tan rotos y remendados, que ningún pobre en toda la ciudad los traía tan astrosos. Quitóse un poco de barba que tenía, cubrióse un ajo con un parche, vendóse una pierna estrechamente, y arrimándose a dos muletas se convirtió en un pobre tullido tal, que el más verdadero estropeado no se le igualaba.

Con este talle se ponía cada noche a la oración a la puerta de la casa de Carrizales, que ya estaba cerrada, quedando el negro, que Luis se llamaba, cerrado entre las dos puertas. Puesto allí Loaysa, sacaba una guitarrilla algo grasienta y falta de algunas cuerdas, y como él era algo músico, comenzaba a tañer algunos sones alegres y regocijados, mudando la voz por no ser conocido. Con esto, se daba priesa a cantar romances de moros y moras, a la loquesca, con tanta gracia, que cuantos pasaban por la calle se ponían a escucharle, y siempre, en tanto que cantaba, estaba rodeado de muchachos; y Luis el negro, poniendo los oídos por entre las puertas, estaba colgado de la música del virote, y diera un brazo por poder abrir la puerta y escucharle más a su placer; tal es la inclinación que los negros tienen a ser músicos. Y cuando Loaysa quería que los que le escuchaban le dejasen, dejaba de cantar y recogía su guitarra y, acogiéndose a sus muletas, se iba.

Cuatro o cinco veces había dado música al negro (que por solo él la daba), pareciéndole que por donde se había de comenzar a desmoronar aquel edificio había y debía ser por el negro; y no le salió vano su pensamiento, porque llegándose una noche, como solía, a la puerta, comenzó a templar su guitarra, y sintió que el negro estaba ya atento, y llegándose al quicio de la puerta, con voz baja dijo:

—Será posible, Luis darme un poco de agua, que padezco de sed y no puedo cantar?

—No —dijo el negro— porque no tengo la llave desta puerta, ni hay agujero por donde pueda dárosla.

—Pues ¿quién tiene la llave? —preguntó Loaysa.

—Mi amo —respondió el negro—, que es el más celoso hombre del mundo. Y si él supiese que yo estoy ahora aquí hablando con nadie no sería más mi vida. Pero ¿quién sois vos que me pedís el agua?

—Yo —respondió Loaysa— soy un pobre estropeado de una pierna, que gano mi vida pidiendo por Dios a la buena gente; y juntamente con esto, enseño a tañer a algunos morenos y a otra gente pobre, y ya tengo tres negros, esclavos de tres veinticuatros [10] a quien he enseñado de modo que pueden cantar y tañer en cualquier baile y en cualquier taberna, y me lo han pagado muy rebien.

—Harto mejor os lo pagara yo —dijo Luis— a tener lugar de tomar lición; pero no es posible, a causa que mi amo, en saliendo por la mañana, cierra la puerta de la calle, y cuando vuelve hace lo mismo, dejándome emparedado entre dos puertas.

—Por Dios, Luis —replicó Loaysa, que ya sabía el nombre del negro—, que si vos diéseles traza a que yo entrase algunas noches a daros lición, en menos de quince días os sacaría tan diestro en la guitarra que pudiésedes tañer sin vergüenza alguna en cualquiera esquina; porque os hago saber que tengo grandísima gracia en el enseñar, y más que he oído decir que vos tenéis muy buena habilidad, y a lo que siento y puedo juzgar por el órgano de la voz, que es atiplada, debéis de cantar muy bien.

—No canto mal —respondió el negro—; pero ¿qué aprovecha, pues no sé tonada alguna si no es la de *La estrella de Venus* y la de *Por un verde prado* y aquella que ahora se usa, que dice:

A los hierros de una reja
la turbada mano asida?

---

[10] *veinticuatros*: «Lo mismo que regidor en los ayuntamientos de algunas ciudades de Andalucía. Llamáronse así, por constar de veinticuatro sujetos el ayuntamiento» *(Aut.)*.

—Todas esas son aire —dijo Loaysa— para las que yo os podría enseñar, por que sé todas las del moro Abindarráez, con las de su dama Jarifa, y todas las que se cantan de la historia del gran sofí Tomunibeyo, con las de la zaranbanda a lo divino, que son tales, que hacen pasmar a los mismos portugueses; y esto enseño con tales modos y con tanta facilidad, que aunque no os deis priesa a aprender,a penas habréis comido tres o cuatro moyos [11] de sal cuando ya os veáis músico corriente y moliente en todo género de guitarra.

A esto suspiró el negro y dijo:

—¿Qué aprovecha todo eso, si no sé cómo meteros en casa?

—Buen remedio —dijo Loaysa—: procurad vos tomar las llaves a vuestro amo, y yo os daré un pedazo de cera, donde las imprimiréis de manera que queden señaladas las guardas en la cera; que por la afición que os he tomado, yo haré que un cerrajero amigo mío haga las llaves, y así podré entrar dentro de noche y enseñaros mejor que al preste Juan de las Indias [12] porque veo ser gran lástima que se pierda una tal voz como la vuestra, faltándole el arrimo de la guitarra; que quiera que sepáis, hermano Luis, que la mejor voz del mundo pierde de sus quilates cuando no se acompaña con el instrumento, ora sea de guitarra o clavicímbano, de órganos o de arpa; pero el que más a vuestra voz le conviene es el instrumento de la guitarra, por ser el más mañero y menos costoso de los instrumentos.

—Bien, me parece eso —replicó el negro—; pero no puede ser, pues jamás entran las llaves en mi poder, ni mi amo las suelta de la mano de día, y de noche duermen debajo de su almohada.

—Pues haced otra cosa, Luis —dijo Loaysa—, si es que

[11] *moyos*: «Es un moyo cierta medida de trigo, y cuando se mide en las eras hace colmo y tiene la forma que los mojones terminales» *(Cov.)*; es una gran cantidad de sal que nunca podrá consumir el negro.

[12] *preste Juan de las Indias*: Personaje fabuloso de la Edad Media, rey o de Tartania o de Abisinia o de Etiopía *(Cov.)*.

tenéis gana de ser músico consumado; que si no la tenéis, no hay para qué cansarme en aconsejaros.

—¿Y cómo si tengo gana? —replicó Luis—. Y tanta, que ninguna cosa dejaré de hacer, como sea posible salir con ella a trueco de salir con ser músico.

—Pues ansí es —dijo el virote—, yo os daré por entre estas puertas, haciendo vos lugar quitando alguna tierra del quicio; digo que os daré unas tenazas y un martillo, con que podáis de noche quitar los clavos de la cerradura de loba con mucha facilidad, y con la misma volveremos a poner la chapa de modo que no se eche de ver que ha sido desclavada; y estando yo dentro, encerrado con vos en vuestro pajar, o a donde dormís, me daré tal priesa a lo que tengo de hacer, que vos veáis aún más de lo que os he dicho, con aprovechamiento de mi persona y aumento de vuestra suficiencia. Y de lo que hubiéremos de comer no tengáis cuidado, que yo llevaré matalotaje para entrambos y para más de ocho días; que discípulos tengo yo y amigos que no me dejarán mal pasar.

—De la comida —replicó el negro— no habrá de qué temer, que con la ración que me da mi amo y con los relieves que me dan las esclavas sobrará comida para otros dos. Venga ese martillo y tenazas que decís, que yo haré por junto a este quicio lugar por donde quepa y le volveré a cubrir y tapar con barro; que puesto que dé algunos golpes en quitar la chapa, mi amo duerme tan lejos desta puerta que será milagro, o gran desgracia nuestra, si los oye.

—Pues a la mano de Dios —dijo Loaysa—: que de aquí a dos días tendréis, Luis, todo lo necesario para poner en ejecución nuestro virtuoso propósito; y advertid en no comer cosas flemosas, porque no hacen ningún provecho, sino mucho daño a la voz.

—Ninguna cosa me enronquece tanto —respondió el negro— como el vino; pero no me lo quitaré yo por todas cuantas voces tiene el suelo.

—No digo tal —dijo Loaysa—, ni Dios tal permita. Bebed, hijo Luis, bebed, y buen provecho os haga, que el vino que se bebe con medida jamás fue causa de daño alguno.

—Con medida lo bebo —replicó el negro—: aquí tengo un jarro que cabe una azumbre justa y cabal; éste me llenan las esclavas, sin que mi amo lo sepa, y el despensero, a solapo, me trae una botilla, que también cabe justas dos azumbres, con que se suplen las faltas del jarro.

—Digo —dijo Loaysa— que tal sea mi vida como eso me parece, porque la seca garganta, ni gruñe ni canta.

—Andad con Dios —dijo el negro—; pero mirad que no dejéis de venir a cantar aquí las noches que tardáredes en traer lo que habéis de hacer para entrar acá dentro, que ya me comen los dedos por verlos puestos en la guitarra.

—Y ¡cómo si vendré! —replicó Loaysa—. Y aún con tonadicas nuevas.

—Eso pido —dijo Luis—; y ahora no me dejéis de cantar algo, porque me vaya a acostar con gusto; y en lo de la paga, entienda el señor pobre que le he de pagar mejor que un rico.

—No reparo en eso —dijo Loaysa—; que según yo os enseñare, así me pagaréis, y por ahora escuchad esta tonadilla, que cuando esté dentro veréis milagros.

—Sea en buen hora —respondió el negro.

Y acabado este largo coloquio, cantó Loaysa un romancito agudo, con que dejó al negro tan contento y satisfecho, que ya no veía la hora de abrir la puerta.

Apenas se quitó Loaysa de la puerta, cuando, con más ligereza que el traer de sus muletas prometía, se fue a dar cuenta a sus consejeros de su buen comienzo, a divino del buen fin que por él esperaba. Hallólos, y contó lo que con el negro dejaba concertado, y otro día hallaron los instrumentos, tales, que rompían cualquier clavo como si fuera de palo.

No se descuidó el virote de volver a dar música al negro, ni menos tuvo descuido el negro en hacer el agujero por donde cupiese lo que su maestro le diese, cubriéndolo de manera que a no ser mirado con malicia y sospechosamente no se podía caer en el agujero.

La segunda noche le dio los instrumentos Loaysa, y

Luis probó sus fuerzas, y casi sin poner alguna se halló rompidos los clavos, y con la chapa de la cerradura en las manos, abrió la puerta, y recogió dentro a su Orfeo y maestro, y cuando le vio con sus dos muletas, y tan andrajoso, y tan fajada su pierna, quedó admirado. No llevaba Loaysa el parche en el ojo, por no ser necesario, y así como entró, abrazó a su buen discípulo y le besó en el rostro, y luego le puso una gran bota de vino en las manos y una caja de conservas y otras cosas dulces, de que llevaba unas alforjas bien proveídas. Y dejando las muletas, como sino tuviera mal alguno, comenzó a hacer cabriolas, de lo cual se admiró más el negro, a quien Loaysa dijo:

—Sabed, hermano Luis, que mi cojera y estropeamiento no nace de enfermedad, sino de industria, con la cual gano de comer pidiendo por amor de Dios, y ayudándome della y de mi música paso la mejor vida del mundo, en el cual todos aquellos que no fueren industriosos y tracistas morirán de hambre; y esto lo veréis en el discurso de nuestra amistad.

—Ello dirá —respondió el negro—; pero demos orden de volver esta chapa a su lugar, de modo que no se eche de ver su mudanza.

—En buen hora —dijo Loaysa.

Y sacando clavos de sus alforjas, asentaron la cerradura de suerte que estaba tan bien como de antes, de lo cual quedó contentísimo el negro; y subiéndose Loaysa al aposento que en el pajar tenía el negro, se acomodó lo mejor que pudo.

Encendió luego Luis un torzal de cera y, sin más aguardar, sacó su guitarra Loaysa, y tocándola baja y suavemente, suspendió al pobre negro de manera que estaba fuera de sí escuchándole. Habiendo tocado un poco, sacó de nuevo colación y diola a su discípulo, y, aunque con dulce, bebió con tan buen talante de la bota, que le dejó más fuera de sentido que la música. Pasado esto, ordenó que luego tomase lición Luis, y como el pobre negro tenía cuatro dedos de vino sobre los sesos, no acertaba traste; y con todo eso, le hizo creer Loaysa que ya sabía por lo menos dos tonadas; y era lo bueno que el negro se lo creía, y en toda la noche no hizo cosa que tañer que la guitarra destemplada y sin las cuerdas necesarias.

Durmieron lo poco que de la noche les quedaba, y a obra de las seis de la mañana bajó Carrizales y abrió la puerta de en medio, y también la de la calle, y estuvo esperando al despensero, el cual vino de allí a un poco, y dando por el torno la comida se volvió a ir, y llamó al negro, que bajase a tomar cebada para la mula, y su ración; y en tomándola, se fue el viejo Carrizales, dejando cerradas ambas puertas, sin echar de ver lo que en la de la calle se había hecho, de que no poco se alegraron maestro y discípulo.

Apenas salió el amo de casa, cuando el negro arrebató la guitarra y comenzó a tocar de tal manera, que todas las criadas le oyeron, y por el torno le preguntaron:

—¿Qué es esto, Luis? ¿De cuándo acá tienes tú guitarra, o quién te la ha dado?

—¿Quién me la ha dado? —respondió Luis—. El mejor músico que hay en el mundo, y el que me ha de enseñar en menos de seis días más de seis mil sones.

—¿Y dónde está ese músico? —preguntó la dueña.

—No está muy lejos de aquí —respondió el negro—; y si no fuera por vergüenza y por el temor que tengo a mi señor, quizá os le enseñara luego, y a fe que os holgasedes de verle.

—¿Y adónde puede él estar que nosotras le podamos ver —replicó la dueña—, si en esta casa jamás entró otro hombre que nuestro dueño?

—Ahora bien —dijo el negro—, no os quiero decir nada hasta que veáis lo que yo sé y él me ha enseñado en el breve tiempo que he dicho.

—Por cierto —dijo la dueña— que, si no es algún demonio el que te ha de enseñar, que yo no sé quién te pueda sacar músico con tanta brevedad.

—Andad —dijo el negro—, que lo oiréis y lo veréis algún día.

—No puede ser eso —dijo otra doncella—, porque no tenemos ventanas a la calle para poder ver ni oír a nadie.

—Bien está —dijo el negro—; que para todo hay remedio si no es para excusar la muerte; y más si vosotras sabéis o queréis callar.

—¡Y cómo que callaremos, hermano Luis! —dijo una de las esclavas—. Callaremos más que si fuésemos mudas; porque te prometo, amigo, que me muero por oír una buena voz, que después que aquí nos emparedaron, ni aun el canto de los pajaros habemos oído.

Todas estas pláticas estaba escuchando Loaysa con grandísimo contento, pareciéndole que todas se encaminaban a la consecución de su gusto y que la buena suerte había tomado la mano en guiarlas a la medida de su voluntad.

Despidiéronse las criadas con prometerles el negro que cuando menos se pensasen las llamaría a oír una buena voz; y con temor que su amo volviese y le hallase hablando con ellas, les dejó y se recogió a su estancia y clausura. Quisiera tomar lición, pero no se atrevió a tocar de día, porque su amo no le oyese; el cual vino de allí a poco espacio, y cerrando las puertas según su costumbre, se encerró en casa. Y al dar aquel día comer por el torno al negro, dijo Luis a una negra, que se lo daba, que aquella noche, después de dormido el amo, bajasen todas al torno a oír la voz que les había prometido, sin falta alguna. Verdad es que antes que dijese esto había pedido con muchos ruegos a su maestro fuese contento de cantar y tañer aquella noche al torno, porque él pudiese cumplir la palabra que había dado de hacer oír a las criadas una vez extremada, asegurándole que sería en extremo regalado por todas ellas. Algo se hizo de rogar el maestro de hacer lo que él más deseaba; pero al fin dijo que haría lo que su buen discípulo pedía, sólo por darle gusto, sin otro interés alguno.

Abrazóle el negro y diole un beso en el carrillo, en señal del contento que le había causado la merced prometida, y aquel día dio de comer a Loaysa tan bien como si comiera en su casa, y aun quizá mejor, pues pudiera ser que en su casa le faltara.

Llegóse la noche, y en la mitad della, o poco menos comenzaron a cecear en el torno, y luego entendió Luis que era la cáfila, que había llegado, y llamando a su maestro bajaron del pajar, con la guitarra bien encordada y mejor templada. Preguntó Luis quién y cuántas eran las que escuchaban. Respondiéronle que todas, sino su señora, que quedaba durmiendo con su marido, de que le pesó a Loaysa; pero con todo eso, quiso dar principio a su designio y contentar a su discípulo, y tocando mansamente la guitarra, tales sones hizo, que dejó admirado al negro y suspenso el rebaño de las mujeres que le escuchaba.

Pues ¿qué diré de lo que ellas sintieron cuando oyeron tocar el *Pésame dello* y acabar con el endemoniado son de la zarabanda, nuevo entonces en España? No quedó vieja por bailar, ni moza que no se hiciese pedazos, todo a la sorda y con silencio extraño, poniendo centinelas y espías si el viejo despertaba. Cantó asimismo Loaysa coplicas de la seguida, con que acabó de echar el sello al gusto de las escuchantes, que ahincadamente pidieron al negro les dijese quién era tan milagroso músico. El negro les dijo que era un pobre mendigante, el más galán y gentil hombre que había en toda la pobrería de Sevilla.

Rogáronle que hiciese de suerte que ellas le viesen, y que no le dejase ir en quince días de casa, que ellas le regalarían muy bien y darían cuanto hubiese menester. Preguntáronle qué modo había tenido para meterle en casa. A esto no respondió palabra; a lo demás dijo que para poderle ver hiciesen un agujero pequeño en el torno, que después lo taparían con cera; y que a lo de tenerle en casa, que él lo procuraría.

Hablólas también Loaysa, ofreciéndoseles a su servicio, con tan buenas razones, que ellas echaron de ver que no salían de ingenio de pobre mendigante. Rogáronle que otra noche viniese al mismo puesto; que ellas harían con su señora que bajase a escucharle, a pesar del ligero sueño de su señor, cuya ligereza no nacía de sus muchos años, sino de sus muchos celos. A lo cual dijo Loaysa que si ellas gustaban de oírle sin sobresalto del vejo, que él les daría unos polvos que le echasen en el vino, que le harían dormir con pesado sueño más tiempo del ordinario.

—¡Jesús, valme —dijo una de las doncellas—, y si eso fuese verdad, qué buena ventura se nos habría entrado por las puertas, sin sentillo y sin merecello! No serían ellos polvos de sueño para él, sino polvos de vida para todas nosotras y para la pobre de mi señora Leonora, su mujer, que no le deja a sol ni a sombra ni la pierde de vista un solo momento. ¡Ay, señor mío de mi alma, traiga esos polvos, así Dios le dé todo el bien que desea! Vaya y no tarde; tráigalos, señor mío, que yo me grezco a mezclarlos en el vino y a ser la escanciadora; y pluguiese a Dios que durmiese el viejo tres días con sus noches, que otros tantos tendríamos nosotras de gloria.

—Pues yo los trairé —dijo Loaysa—; y son tales, que no hacen otro mal ni daño a quien los toma si no es provocarle un sueño pesadísimo.

Todas le rogaron que los trujese con brevedad, y quedando de hacer otra noche con una barrena el agujero en el torno y de traer a su señora para que le viese y oyese, se despidieron; y el negro, aunque era casi el alba, quiso tomar lición, la cual le dio Loaysa, y le hizo entender que no había mejor oído que el suyo en cuantos discípulos tenía: ¡y no sabía el pobre negro, ni lo supo jamás, hacer un cruzado!

Tenían los amigos de Loaysa cuidado de venir de noche a escuchar por entre las puertas de la calle y ver si su amigo les decía algo o si había menester alguna cosa; y haciendo una señal que dejaron concertada, conoció Loaysa que estaban a la puerta, y por el agujero del quicio les dio breve cuenta del buen término en que estaba su negocio, pidiéndoles encarecidamente buscasen alguna cosa que provocase a sueño para dárselo a Carrizales, que él había oído decir que había unos polvos para este efeto. Dijéronle que tenían un médico amigo que les daría el mejor remedio que supiese, si es que le había; y animándole a proseguir la empresa y prometiéndole de volver la noche siguiente con todo recaudo, apriesa se despidieron.

Vino la noche, y la banda de las palomas acudió al reclamo de la guitarra. Con ellas vino la simple Leonora, temerosa y temblando de que no despertase su marido; que aunque ella, vencida deste temor, no había querido venir, tantas cosas le dijeron sus criadas, especialmente la dueña, de la suavidad de la música y de la gallarda disposición del músico pobre (que, sin haberle visto, le alababa y le subía sobre Absalón y sobre Orfeo), que la pobre señora convencida y persuadida dellas, hubo de hacer lo que no tenía ni tuviera jamás en voluntad. Lo primero que hicieron fue barrenar el torno para ver al músico, el cual no estaba ya en hábitos de pobre, sino con unos calzones grandes de tafetán leonado, a la marineresca, un jubón de lo mismo con trencillas de oro, y una montera de raso de la misma color, con cuello almidonado, con grandes puntas y encaje; que de todo vino proveído en las alforjas, imaginando que se había de ver en ocasión que le conviniese mudar de traje.

Era mozo y de gentil disposición y buen parecer; y como había tanto tiempo que todas tenían hecha la vista a mirar al viejo de su amo, parecióles que miraban a un ángel. Poníase una al agujero para verle, y luego otra; y por que le pudiesen ver mejor, andaba el negro paseándole el cuerpo de arriba abajo con el torzar de cera encendido. Y después que todas le hubieron visto, hasta las negras bozales, tomó Loaysa la guitarra, y cantó aquella noche tan extremadamente, que las acabó de dejar suspensas y atónitas a todas, así la vieja como a las mozas, y todas rogaron a Luis diese orden y traza como el señor su maestro entrase allá dentro, para oírle y verle de más cerca y no tan por brújula como por el agujero, y sin el sobresalto de estar tan apartadas de su señor, que podía cogerlas de sobresalto y con el hurto en las manos, lo cual ni sucedería ansí si le tuviesen escondido dentro.

A este contradijo su señora con muchas veras, diciendo que no se hiciese la tal cosa ni la tal entrada, porque le pesaría en el alma, pues desde allí le podían ver y oír a su salvo y sin peligro de su honra.

—¿Qué honra? —dijo la dueña—. El Rey tiene harta [13]. Estése vuesa merced encerrada con su Matusalén, y déjenos a nosotras holgar como pudiéremos. Cuanto más, que este señor parece tan honrado, que no querrá otra cosa de nosotras más de lo que nosotras quisiéremos.

—Yo, señoras mías —dijo a esto Loaysa—, no vine aquí sino con intención de servir a todas vuesas mercedes con el alma y con la vida, condolido de su no vista clausura y de los ratos que en este estrecho género de vida se pierden. Hombre soy yo, por vida de mi padre, tan sencillo, tan manso y de tan buena condición, y tan obediente, que no haré más que aquello que se me mandare; y si cualquiera de vuesas mercedes dijere: «Maestro, siéntese aquí; maestro, pásese allí; echáos acá, pasaos acullá», así lo haré como el más doméstico y enseñado perro que salta por el Rey de Francia.

—Si eso ha de ser así —dijo la ignorante Leonora—, ¿qué medio se dará para que entre acá dentro el señor maeso?

—Bueno —dijo Loaysa—; vuesas mercedes pugnen por sacar en cera la llave desta puerta de en medio; que yo haré que mañana en la noche venga hecha otra tal, que nos pueda servir.

—En sacar esa llave —dijo una doncella— se sacan las de toda la casa, porque es llave maestra.

—No por eso será peor —replicó Loaysa.

—Así es verdad —dijo Leonora—: pero ha de jurar este señor, primero, que no ha de hacer otra cosa cuando esté acá dentro sino cantar y tañer cuando se lo mandaren, y que ha de estar encerrado y quedito donde le pusiéremos.

—Sí juro —dijo Loaysa.

—No vale nada ese juramento —respondió Leonora—: que ha de jurar por vida de su padre, y ha de jurar la cruz, y besalla que lo veamos todas.

---

[13] *El Rey tiene harta*: Es decir, el rey sobra de honra y así tiene bastante para todos; «usado como adverbio vale bastantemente, sobradamente» *(Aut.)*.

—Por vida de mi padre juro —dijo Loaysa—, y por esta señal de cruz, que la beso con mi boca sucia[14].

Y haciendo la cruz con dos dedos, la besó tres veces.

Esto hecho, dijo otra de las doncellas:

—Mire, señor, que no se le olvide aquello de los polvos, que es el *tuáutem*[15] de todo.

Con esto cesó la plática de aquella noche, quedando todos muy contentos del concierto. Y la suerte, que de bien en mejor encaminaba los negocios de Loaysa, trujo a aquellas hora, que eran las dos después de la media noche, por la calle a sus amigos, los cuales, haciendo la señal acostumbrada, que era tocar una trompa de París, Loaysa los habló y les dio cuenta del término en que estaba su pretensión, y les pidió si traían los polvos, o otra cosa, como se la había pedido, para que Carrizales durmiese.

Díjoles asimismo lo de la llave maestra. Ellos le dijeron que los polvos, o un ungüento, vendría la siguiente noche, de tal virtud que untados los pulsos y las sienes con él, causaba un sueño profundo, sin que dél se pudiese despertar en dos días si no era lavándose con vinagre todas las partes que se habían untado; y que se les diese la llave en cera, que asimismo la harían hacer con facilidad. Con esto se despidieron, y Loaysa y su discípulo durmieron lo poco que de la noche les quedaba, esperando Loaysa con gran deseo la venidera, por ver si se le cumplía la palabra prometida de la llave. Y puesto que el tiempo parece tardío y perezoso a los que en él esperan, en fin, corre a las parejas con el mismo pensamiento, y llega el término que quiere, porque nunca para ni sosiega.

Vino, pues, la noche y la hora acostumbrada de acudir al torno, donde vinieron todas las criadas de casa, grandes y chicas, negras y blancas, por que todas estaban deseosas de

[14] *boca sucia:* Era expresión corriente que indicaba la humildad de una persona; pero aquí —con bastante ironía— se puede tomar de una manera opuesta.

[15] *tuáutem:* la cosa más importante, lo imprescindible.

ver dentro de su serrallo al señor músico; pero no vino Leonora, y preguntando Loaysa por ella, le respondieron que estaba acostada con su velado, el cual tenía cerrada la puerta del aposento donde dormía, con llave, y después de haber cerrado se la ponía debajo de la almohada,y que su señora les había dicho que, en durmiéndose el viejo, haría por tomarle la llave maestra y sacarla en cera, que ya llevaba preparada y blanda, y que de allí a un poco habían de ir a requerirla por una gatera.

Maravillado quedó Loaysa del recato del viejo; pero no por esto se le desmayó el deseo; y estando en esto oyó la trompa de París. Acudió al puesto; halló a sus amigos, que le dieron un botecico de ungüento de la propiedad que le habían significado: tomólo Loaysa, y díjoles que esperasen un poco, que les daría la muestra de la llave. Volvióse al torno y dijo a la dueña, que era la que con más ahínco mostraba desear su entrada, que se lo llevase a la señora Leonora, diciéndole la propiedad que tenía y que procurase untar a su marido con tal tiento que no lo sintiese, y que vería maravillas. Hízolo así la dueña, y, llegándose a la gatera, halló que estaba Leonora esperando tendida en el suelo de largo a largo, puesto el rostro en la gatera. Llegó la dueña y, tendiéndose de la misma manera, puso la boca en el oído de su señora, y con voz baja le dijo que traía el ungüento y de la manera que había de probar su virtud. Ella tomó el ungüento, y respondió a la dueña como en ninguna manera podía tomar la llave a su marido, porque no la tenía debajo de la almohada, como solía, sino entre los dos colchones y casi debajo de la mitad de su cuerpo, pero que dijese al maeso que si el ungüento obraba como él decía, con facilidad sacarían la llave todas las veces que quisiesen, y ansí, no sería necesario sacarla en cera. Dijo que fuese a decirlo luego, y volviese a ver lo que el ungüento obraba, porque luego le pensaba untar a su velado.

Bajó la dueña a decirlo al maeso Loaysa, y él despidió a sus amigos, que esperando la llave estaban. Temblando y pasito, y casi sin osar despedir el aliento de la boca, llegó Leonora a untar los pulsos del celoso marido, y asimismo le untó las ventanas de las narices, y cuando a ellas le llegó le parecía que se estremecía, y ella quedó mortal, pareciéndole que la había cogido en el hurto. En efeto, como mejor pudo le acabó de untar todos lo lugares que le dijeron ser necesarios, que fue lo mismo que haberle embalsamado para la sepultura.

Poco espacio tardó el alopiado ungüento en dar manifiestas señales de su virtud, porque luego comenzó a dar el viejo tan grandes ronquidos, que se pudieran oír en la calle; música a los oídos de su esposa más acordada que la del maeso de su negro; y aún mal segura de lo que veía, se llegó a él y le estremeció un poco, y luego más, y luego otro poquito más, por ver si despertaba; y a tanto se atrevió, que le volvió de una parte a otra, sin que despertase. Como vio esto, se fue a la gatera de la puerta y, con voz no tan baja como la primera, llamó a la dueña, que allí la estaba esperando, y le dijo:

—Dame albricias, hermana, que Carrizales duerme más que un muerto.

—¿Pues a qué aguardas a tomar la llave, señora? —dijo la dueña—. Mira que está el músico aguardándola más ha de una hora.

—Espera, hermana, que ya voy por ella —respondió Leonora.

Y volviendo a la cama, metió la mano por entre los colchones y sacó la llave de en medio dellos, sin que el viejo lo sintiese; y tomándola en sus manos, comenzó a dar brincos de contento, y sin más esperar abrió la puerta y la presentó a su dueña, que la recibió con la mayor alegría del mundo. Mandó Leonora que fuese a abrir al músico y que le trujese a los corredores, porque ella no osaba quitarse de allí por lo que podía suceder; pero que ante todas cosas hiciese que de nuevo ratificase el juramento que había hecho de no hacer más de lo que ellas le ordenasen, y que si no le quisiese confirmar y hacer de nuevo, en ninguna manera le abriesen.

—Así será —dijo la dueña—; y a fe que no ha de entrar si primero no jura y rejura y besa la cruz seis veces.

—No le pongas tasa —dijo Leonora—; bésela él, y sean las veces que quisiere; pero mira que jure la vida de sus padres y por todo aquello que bien quiere, porque con esto estaremos seguras y nos hartaremos de oírle cantar y tañer, que en mi ánima que lo hace delica[da]mente. Y anda, no te detengas más, por que no se nos pase la noche en pláticas.

Alzóse las faldas la buena dueña, y con no vista ligereza se puso en el torno, donde estaba toda la gente de casa esperándola; y habiéndoles mostrado la llave que traía, fue tanto el contento de todas, que la alzaron en peso, como a catedrático, diciendo: «¡Viva, viva!», y más cuando les dijo que no había necesidad de contrahacer la llave, porque según el untado viejo dormía, bien se podían aprovechar de la de casa todas les veces que la quisiesen.

—¡Ea, pues, amiga —dijo una de las doncellas—, ábrase esa puerta y entre este señor, que ha mucho que aguarda, y démonos un verde de música [16] que no haya más que ver!

—Más ha de haber que ver —replicó la dueña—: que le hemos de tomar juramento, como la otra noche.

—Él es tan bueno —dijo una de las esclavas—, que no reparará en juramentos.

Abrió a esto la dueña la puerta, y teniéndola entreabierta llamó a Loaysa, que todo lo había estado escuchando por el agujero del torno; el cual, llegándose a la puerta, quiso entrarse de golpe; mas poniéndole la dueña la mano en el pecho, le dijo:

—Sabrá vuesa merced, señor mío, que, en Dios y en mi conciencia todas las que estamos dentro de las puertas desta casa somos doncellas como las madres que nos parieron, excepto mi señora; y aunque yo debo de parecer de cuarenta años, no teniendo treinta cumplidos, porque les faltan dos meses y medio, también lo soy, mal pecado; y si acaso parezco vieja, corrimientos, trabajos y desabrimientos echan un

---

[16] ... *un verde de música*: Darse un verde es «holgarse en banquetes y oplaceres [...] saciar y hartar [...]» *(Cov.)*; aquí, celebrarse con música.

cero a los años, y a veces dos, según se les antoja. Y siendo esto ansí, como lo es, no sería razón que a trueco de oír dos, o tres, o cuatro cantares nos pusiésemos a perder tanta virginidad como aquí se encierra; porque hasta esta negra, que se llama Guiomar, es doncella. Así [es] que, señor de mi corazón, vuesa merced nos ha de hacer primero que entre en nuestro reino un muy solemne juramento de que no ha de hacer más de lo que nosotras le ordenaremos; y si le parece que es mucho lo que se le pide, considere que es mucho más lo que se aventura. Y si es que vuesa merced viene con buena intención, poco le ha de doler el jurar, que al buen pagador no le duelen prendas.

—Bien y rebién ha dicho la señora Marialonso —dijo una de las doncellas—; en fin, como persona discreta y que está en las cosas como se debe; y si es que el señor no quiere jurar, no entre acá dentro.

A esto dijo Guiomar la negra, que no era muy ladina:

—Por mí, más que nunca jura, entre con todo diablo; que aunque más jura, si acá estás, todo olvida.

Oyó con gran sosiego Loaysa la arenga de la señora Marialonso, y con grave reposo y autoridad respondió:

—Por cierto, señoras hermanas y compañeras mías, que nunca mi intento fue, es, ni será otro que daros gusto y contento en cuanto mis fuerzas alcanzaren, y así, no se me hará cuesta arriba este juramento que me piden; pero quisiera yo que se fiara algo de mi palabra, porque dada de tal persona como yo soy, era lo mismo que hacer una obligación guarentigia [17] y quiero hacer saber a vuesa merced que debajo del sayal hay ál [18], y que debajo de mala capa suele estar un buen bebedor. Mas para que todas estén seguras de mi buen deseo, determino de jurar como católico y buen varón; y así, juro por la intemerata eficacia, donde más santa y largamente se contiene, y por las entradas y salidas del santo Líbano monte, y por todo aquello

[17] *guarentigia*: garantía legal: «se aplica al contrato que tenía carácter ejecutivo» (M. Moliner, I, pág. 1435a).

[18] *ál*: otra cosa.

que en su proemio encierra la verdadera historia de Carlomagno, con la muerte del gigante Fierabrás, de no salir ni pasar del juramento hecho y del mandamiento de la más mínima y desechada destas señoras, so pena que si otra cosa hiciere o quisiere hacer, desde ahora para entonces y desde entonces para ahora lo doy por nulo y no hecho ni valedero.

Aquí llegaba con su juramento el buen Loaysa, cuando una de las dos doncellas, que con atención le había estado escuchando, dio una gran voz diciendo:

—¡Este sí que es juramento para enternecer las piedras! ¡Mal haya yo si más quiero que jures, pues con sólo lo jurado podías entrar en la misma sima de Cabra!

Y asiéndole de los gregüescos, le metió dentro, y luego todas las demás se le pusieron a la redonda. Luego fue a dar las nuevas a su señora, la cual estaba haciendo centinela al sueño de su esposo, y cuando la mensajera le dijo que ya subía el músico se alegró y se turbó en un punto y preguntó si había jurado. Respondióle que sí, y con la más nueva forma de juramento que en su vida había visto.

—Pues si ha jurado —dijo Leonora—, asido le tenemos. ¡Oh, qué avisada que anduve en hacelle que jurase!

En esto llegó toda la caterva junta, y el músico en medio, alumbrándolos el negro y Guiomar la negra. Y viendo Loaysa a Leonora, hizo muestras de arrojársele a los pies para besarle los manos. Ella, callando, y por señas le hizo levantar, y todas estaban como mudas, sin osar hablar, temerosas que su señor las oyese; lo cual considerado por Loaysa, les dijo que bien podían hablar alto, porque el ungüento con que estaba untado su señor tenía tal virtud que, fuera de quitar la vida, ponía a un hombre como muerto.

—Así lo creo yo —dijo Leonora—; que si así no fuera, ya él hubiera despertado veinte veces, según le hacen de sueño sus muchas indisposiciones; pero después de que le unté, ronca como un animal.

—Pues eso es así —dijo la dueña—, vámonos a aquella sala frontera, donde podremos oír cantar aquí al señor y regocijarnos un poco.

—Vamos —dijo Leonora—; pero quédese aquí Guiomar por guarda, que nos avise si Carrizales despierta.

A lo cual respondió Guiomar:

—¡Yo, negra, quedo; blancas, van: Dios perdone a todas!

Quedóse la negra; fuéronse a la sala, donde había un rico estrado, y cogiendo al señor en medio, se sentaron todas. Y tomando la buena Marialonso una vela, comenzó a mirar de arriba abajo al bueno del músico, y una decía: «¡Ay, qué copete que tiene tan lindo y tan rizado!» Otra: «¡Ay, qué blancura de dientes! ¡Mal año para piñones mondados que más blancos ni más lindos sean!» Otra: «¡Ay, qué ojos tan grandes y tan rasgados! ¡Y por el siglo de mi madre que son verdes, que no parecen sino que son de esmeraldas!» Ésta alababa la boca, aquélla los pies, y todas juntas hicieron dél una menuda anatomía y pepitoria. Sola Leonora callaba, y le miraba, y le iba pareciendo de mejor talle que su velado. En esto, la dueña tomó la guitarra, que tenía el negro, y se la puso en las manos de Loaysa, rogándole que la tocase y que cantase unas coplillas que entonces andaban muy validas en Sevilla, que decían:

Madre, la mi madre,
guardas me ponéis

Cumpliόle Loaysa su deseo. Levantáronse todas, y se comenzaron a hacer pedazos bailando. Sabía la dueña las coplas y cantólas con más gusto que buena voz, y fueron éstas:

Madre, la mi madre,
guardas me ponéis,
que si yo no me guardo,
no me guardaréis.

Dicen que está escrito,
y con gran razón
ser la privación
causa de apetito;
crece en infinito

encerrado amor;
por eso es mejor
que no me encerréis;
que si yo, etc.

Si la voluntad
por sí no se guarda,
no la harán guarda
miedo o calidad:
romperá, en verdad,
por la misma muerte,
hasta hallar la suerte
que vos no entendéis;
que si yo, etc.

Quien tiene costumbre
de ser amorosa,
como mariposa
se irá tras su lumbre,
aunque muchedumbre
de guardas le pongan,
y aunque más propongan
de hacer lo que hacéis;
que si yo, etc.

Es de tal manera
la fuerza amorosa,
que a la más hermosa
la vuelve en quimera:
el pecho de cera,
de fuego la gana,
las manos de lana,
de fieltro los pies,
que si yo no me guardo,
mal me guardaréis.

Al fin llegaban de su canto y baile el corro de las mozas, guiado por la buena dueña, cuando llegó Guiomar, la centinela, toda turbada, hiriendo de pie y de mano como si tuviera alferecía, y con voz entre ronca y baja, dijo:

—¡Despierto señor, señora; y, señora, despierto señor, y levantas y viene!

Quién ha visto banda de palomas estar comiendo en el campo sin miedo lo que ajenas manos sembraron, que al furioso estrépito de disparada escopeta se azora y levanta, y olvidada del pasto, confusa y atónita cruza por los aires, tal se imagine que quedó la banda y corro de las bailadoras, pasmadas y temerosas, oyendo la no esperada nueva que Guiomar había traído; y procurando cada una su disculpa y todos juntos su remedio, cual por una y cual por otra parte, se fueron a esconder por los desvanes y rincones de la casa, dejando solo al músico, el cual, dejando la guitarra y el canto, lleno de turbación, no sabía qué hacerse.

Torcía Leonora sus hermosas manos; abofeteábase el rostro, aunque blandamente, la señora Marialonso; en fin, todo era confusión, sobresalto y miedo. Pero la dueña, como más astuta y reportada, dio orden que Loaysa se entrase en un aposento suyo, y que ella y su señora se quedarían en la sala, que no faltaría excusa que dar a su señor si allí las hallase.

Escondióse luego Loaysa, y la dueña se puso atenta a escuchar si su amo venía, y no sintiendo rumor alguno, cobró ánimo, y poco a poco, paso ante paso, se fue llegando al aposento donde su señor dormía, y oyó que roncaba como primero, y asegurada de que dormía, alzó las faldas y volvió corriendo a pedir albricias a su señora del sueño de su amo, la cual se las mandó de muy entera voluntad.

No quiso la buena dueña perder la coyuntura que la suerte le ofrecía de gozar, primero que todas, las gracias que ésta se imaginaba que debía tener el músico; y así diciéndole a Leonora que esperase en la sala en tanto que iba a llamarlo, la dejó y se entró donde él estaba, no menos confuso que pensativo, esperando las nuevas de lo que hacía el viejo untado. Maldecía la fasedad del ungüento y quejábase de la credulidad de sus amigos y del poco advertimiento que había tenido en no hacer primero la experiencia en otro antes de hacerla en Carrizales.

En esto llegó la dueña, y le aseguró que el viejo dormía a más y mejor. Sosegó el pecho y estuvo atento a muchas palabras amorosas que Marialonso le dijo, de las cuales coligió la mala intención suya, y propuso en sí de ponerla por anzuelo para pescar a su señora. Y estando los dos en sus pláticas, las demás criadas, que estaban escondidas por diversas partes de la casa, una de aquí y otra de allí, volvieron a ver si era verdad que su amo había despertado; y viendo que todo estaba sepultado en silencio, llegaron a la sala donde habían dejado a su señora, de lacual supieron el sueño de su amo; y preguntándole por el músico y por la dueña, les dijo dónde estaban, y todas, con el mismo silencio que habían traído, se llegaron a escuchar por entre las puertas lo que entrambos trataban.

No faltó de la junta Guiomar la negra; el negro sí, porque así como oyó que su amo había despertado, se abrazó con su guitarra y se fue a esconder en su pajar, y, cubierto con la manta de su pobre cama, sudaba y trasudaba de miedo; y con todo eso, no dejaba de tentar las cuerdas de la guitarra: tanta era (encomendado él sea a Satanás) la afición que tenía a la música.

Entreoyeron las mozas los requiebros de la vieja, y cada una le dijo el nombre de las Pascuas [19]; ninguna la llamó vieja que no fuese con su epitecto y adjetivo de hechicera y de barbuda, de antojadiza y de otros que por buen respecto se callan; pero lo que más risa causara a quien entonces las oyera, eran las razones de Guiomar la negra, que por ser portuguesa y no muy ladina, era extraña la gracia con que la vituperaba. En efeto, la conclusión de la plática de los dos fue que él condecendería con la voluntad della cuando ella primero le entregase a toda su voluntad a su señora

Cuesta arriba se le hizo a la dueña ofrecer lo que el músico pedía; pero a trueco de cumplir el deseo que ya se le había apoderado del alma y de los huesos y médula del cuerpo, le prometiera los imposibles que pudieran imaginarse. Dejóle, y salió a hablar a su señora; y como vio su puerta rodeada de todas las criadas, les dijo que se recogiesen a sus aposentos, que otra noche habría lugar para gozar con menos o con

[19] ... *nombre de las Pascuas*: «Es decir a alguno palabras injuriosas o sensibles» *(Aut.)*.

ningún sobresalto del músico, que ya aquella noche el alboroto les había aguado el gusto.

Bien entendieron todas que la vieja se quería quedar sola; pero no pudieron dejar de obedecerla, porque las mandaba a todas. Fuéronse las criadas, y ella acudió a la sala a persuadir a Leonora acudiese a la voluntad de Loaysa, con una larga y tan concertada arenga, que pareció que de muchos días la tenía estudiada. Encareciole su gentileza, su valor, su donaire y sus muchas gracias. Pintóle de cuánto más gusto le serían los abrazos del amante mozo que los del marido viejo, asegurándole el secreto y la duración del deleite, con otras cosas semejantes a éstas, que el demonio le puso en la lengua, llenas de colores retóricos, tan demonstrativos y eficaces, que movieran no sólo el corazón tierno y poco advertido de la simple e incauta Leonora, sino el de un endurecido mármol. ¡Oh dueñas, nacidas y usadas en el mundo para perdición de mil recatadas y buenas intenciones! ¡Oh, luengas y repulgadas tocas, escogidas para autorizar las salas y los estrados de señoras principales, y cuán al revés de lo que debíades usáis de vuestro casi ya forzoso oficio! En fin, tanto dijo la dueña, tanto persuadió la dueña, que Leonora se rindió, Leonora se engañó y Leonora se perdió, dando en tierra con todas las prevenciones del discreto Carrizales, que dormía el sueño de la muerte de su honra.

Tomó Marialonso por la mano a su señora, y casi por fuerza, preñados de lágrimas los ojos, la llevó donde Loaysa estaba, y echándoles la bendición con una risa falsa de demonio, cerrando tras sí la puerta, los dejó encerrados, y ella se puso a dormir en el estrado, o por mejor decir, a esperar su contento de recudida. Pero como el desvelo de las pasadas noches la venciese, se quedó dormida en el estrado.

Bueno fuera en esta sazón preguntar a Carrizales, a no saber que dormía, que adónde estaban sus advertidos recatos, sus recelos, sus advertimientos, sus persuasiones, los altos muros de su casa, el no haber entrado en ella, ni aun en sombra, alguien que tuvierse nombre de varón, el torno estrecho, las gruesas paredes, las ventanas sin luz, el encerramiento notable, la gran dote en que Leonora había dotado, los regalos continuos que la hacía, el buen tratamiento de sus criadas y esclavas, el no faltar un punto a todo aquello que él imaginaba que habían menester, que podían desear. Pero ya queda dicho que no había para qué preguntárselo, porque dormía más de aquello que fuera menester; y si él lo oyera y acaso respondiera, no podía dar mejor respuesta que encoger los hombros y enarcar las cejas y decir: «¡Todo aqueso derribó por los fundamentos la astucia, a lo que yo creo, de un mozo holgazán y vicioso, y la malicia de una falsa dueña, con la inadvertencia de una muchacha rogada y persuadida!» Libre Dios a cada uno de tales enemigos, contra los cuales no hay escudo de prudencia que defienda ni espada de recato que corte.

Pero, con todo esto, el valor de Leonora fue tal, que en el tiempo que más le convenía, le mostró contra las fuerzas villanas de su astuto engañador, pues no fueron bastantes a vencerla, y él se cansó en balde, y ella quedó vencedora, y entrambos dormidos. Y, en esto, ordenó el cielo que, a pesar del ungüento, Carrizales despertase, y como tenía costumbre, tentó la cama por todas parte, y no hallando en ella a su querida esposa, saltó de la cama despavorido y atónito, con más ligereza y denuedo que sus muchos años prometían. Y cuando en el aposento no halló a su esposa, y le vio abierto y que le faltaba la llave de entre los colchones, pensó perder el juicio. Pero, reportándose un poco, salió al corredor, y de allí, andando pie ante pie por no ser sentido, llegó a la sala donde la dueña dormía, y viéndola sola, sin Leonora, fue al aposento de la dueña, y abriendo la puerta muy quedo vio lo que nunca quisiera haber visto, vio lo que diera por bien empleado no tener ojos para verlo. Vio a Leonora en brazos de Loaysa, durmiendo tan a sueño suelto como si en ellos obrara la virtud del ungüento y no en el celoso anciano.

Sin pulsos quedó Carrizales con la amarga vista de lo que miraba; la voz se le pegó a la garganta, los brazos se le cayeron de desmayo, y quedó hecho una estatua de mármol frío; y aunque la cólera hizo su natural oficio, avivándole los casi muertos espíritus, pudo tanto el dolor, que no le dejó tomar aliento. Y, con todo eso, tomara la venganza que aquella grande maldad requería si se hallara con armas para poder tomarla; y así, determinó volverse a su aposento a tomar una daga, y volver a sacar las manchas de su honra con sangre de sus dos enemigos, y aun con toda aquella de toda la gente de su casa. En esta determinación honrosa y necesaria volvió, con el mismo silencio y recato que había venido, a su estancia, donde le apretó el corazón tanto el dolor y la angustia que, sin ser poderoso a otra cosa, se dejó caer desmayado sobre el lecho.

Llegóse en esto el día, y cogió a los nuevos adúlteros enlazados en la red de sus brazos. Despertó Marialonso, y quiso acudir por lo que, a su parecer, le tocaba; pero viendo que era tarde, quiso dejarlo para la venidera noche. Alborotóse Leonora viendo tan entrado el día, y maldijo su descuido y el de la maldita dueña, y las dos, con sobresaltados pasos, fueron donde estaba su esposo, rogando entre dientes al cielo que le hallasen todavía roncando; y cuando le vieron encima de la cama callando, creyeron que todavía obraba la untura, pues dormía, y con gran regocijo se abrazaron la una a la otra. Llegóse Leonora a su marido, y asiéndole de un brazo le volvió de un lado a otro, por ver si despertaba sin ponerles en necesidad de lavarle con vinagre, como decían era menester para que en sí volviese. Pero con el movimiento volvió Carrizales de su desmayo, y dando un profundo suspiro, con una voz lamentable y desmayada dijo:

—¡Desdichado de mí, y a qué tristes términos me ha traído mi fortuna!

No entendió bien Leonora lo que dijo su esposo; mas como le vio despierto y que hablaba, admirada de ver que la virtud del ungüento no duraba tanto como habían significado, se llegó a él, y poniendo su rostro con el suyo, teniéndole estrechamente abrazado, le dijo:

—¿Qué tenéis, señor mío, que me parece que os estáis quejando?

Oyó la voz de la dulce enemiga suya el desdichado viejo, y abriendo los ojos desencasadamente, como atónito y embelesado, los puso en ella, y con grande ahínco, sin mover pertaña, la estuvo mirando una gran pieza, al cabo de la cual le dijo:

—Hacedme placer, señora, que luego enviéis a llamar a

vuestros padres de mi parte, porque siento no sé qué en el corazón, que me da grandísima fatiga, y temo que brevemente me va a quitar la vida, y queríalos ver antes que me muriese.

Sin duda creyó Leonora ser verdad lo que su marido le decía, pensando antes que la fortaleza del ungüento, y no lo que había visto, le tenía en aquel trance; y respondiéndole que haría lo que la mandaba, mandó al negro que luego al punto fuese a llamar a sus padres, y abrazándose con su esposo, le hacía las mayores caricias que jamás le había hecho, preguntándole qué era lo que sentía, con tan tiernas y amorosas palabras como si fuera la cosa del mundo que más amaba. Él la miraba con el embelesamiento que se ha dicho, siéndole cada palabra o caricia que le hacía una lanzada que le atravesaba el alma.

Ya la dueña había dicho a la gente de casa y a Loaysa la enfermedad de su amo, encareciéndoles que debía de ser de momento, pues se le había olvidado de mandar cerrar las puertas de la calle cuando el negro salió a llamar a los padres de su señora; de la cual embajada asimismo se admiraron por no haber entrado ninguno dellos en aquella casa después que casaron a su hija.

En fin, todos andaban callados y suspensos, no dando en la verdad de la causa de la indisposición de su amo, el cual de rato en rato, tan profunda y dolorosamente suspiraba, que con cada suspiro parecía arrancársele el alma.

Lloraba Leonora por verle de aquella suerte, y reíase él con una risa de persona que estaba fuera de sí, considerando la falsedad de sus lágrimas.

En esto llegaron los padres de Leonora, y como hallaron la puerta de la calle y la del patio abiertas y la casa sepultada en silencio y sola, quedaron admirados con no pequeño sobresalto. Fueron al aposento de su yerno, y halláronle, como se ha dicho, siempre clavados los ojos en su esposa, a la cual tenía asida de las manos, derramando los dos muchas lágrimas; ella, con no más ocasión de verlas derramar a su esposo; él, por ver cuán fingidamente ella las derramaba.

Así como sus padres entraron, habló Carrizales, y dijo:

—Siéntense aquí vuesas mercedes, y todos los demás dejen desocupado este aposento, y sólo quede la señora Marialonso. Hiciéronlo así, y quedando solos los cinco, sin esperar que otro hablase, con sosegada voz, limpiándose los ojos, desta manera dijo Carrizales:

—Bien seguro estoy, padres y señores míos, que no será menester traeros testigos para que me creáis una verdad que quiero deciros. Bien se os debe acordar, que no es posible se os haya caído de la memoria, con cuánto amor, con cuán buenas entrañas, hace hoy un año, un mes, cinco días y nueve horas que me entregasteis a vuestra querida hija por legítima mujer mía. También sabéis con cuánta liberalidad la doté, pues fue tal la dote que más de tres de su misma calidad se pudieran casar con opinión de ricas. Asimismo se os debe acordar la diligencia que puse en vestirla y adornarla de todo aquello que ella se acertó a desear y yo alcancé a saber que le convenía. Ni más ni menos habéis visto, señores, cómo, llevado de mi natural condición y temeroso del mal de que, sin duda, he de morir, y experimentado por mi mucha edad en los extraños y varios acaescimientos del mundo quise guardar esta joya, que yo escogí y vosotros me diste[i]s, con el mayor recato que me fue posible. Alcé las murallas desta casa, quité la vista a las ventanas de la calle, doblé las cerraduras de las puertas, púsele torno, como a monasterio; desterré perpetuamente della todo aquello que sombra o nombre de varón tuviese. Dile criadas y esclavas que la sirviesen; ni les negué a ellas ni a ella cuanto quisieron pedirme; hícela mi igual; comuniquéle mis más secretos pensamientos; entreguéle toda mi hacienda. Todas éstas eran obras para que, si bien lo considerara, yo viviera seguro de gozar sin sobresalto lo que tanto me había costado y ella procurara no darme ocasión a que ningún género de temor celoso entrara en mi pensamiento. Mas como no se puede prevenir con diligencia humana el castigo que la voluntad divina quiere dar a los que en ella no ponen del todo en todo en todo sus deseos y esperanzas, no es mucho que yo quede defraudado en las mías y que yo mismo haya sido el fabricador del veneno que me va quitando la vida. Pero porque veo la suspensión en que todos estáis, colgados de las palabras de mi boca, quiero concluir los largos preámbulos desta plática con deciros en una palabra lo que no es posible decirse en millares dellas. Digo, pues señores, que todo lo que he dicho y hecho ha parado en que esta madrugada hallé a ésta, nacida en el mundo para perdición de mi sosiego y fin de mi vida —y esto, señalando a su esposa—, en los brazos de un gallardo mancebo, que en la estancia desta pestífera dueña ahora está encerrado.

Apenas acabó estas últimas palabras Carrizales cuando a Leonora se le cubrió el corazón, y en las mismas rodillas de su marido se cayó desmayada. Perdió la color Marialonso, y a las gargantas de los padres de Leonora se les atravesó un nudo que no les dejaba hablar palabra. Pero prosiguiendo adelante Carrizales, dijo:

—La venganza que pienso tomar desta afrenta no es ni ha de ser de las que ordinariamente suelen tomarse, pues quiero que, así como yo fui extremado en lo que hice, así sea la venganza que tomaré, tomándola de mí mismo como del más culpado en este delito; que debiera considerar que mal podían estar ni compadecerse en uno los quince años desta muchacha con los casi ochenta míos. Yo fui el que, como el gusano de seda, me fabriqué la casa donde muriese, y a ti no te culpo, ¡oh niña mal aconsejada! —y diciendo esto se inclinó y besó el rostro de la desmayada Leonora—; no te culpo, digo, porque persuasiones de viejas taimadas y requiebros de mozos enamorados fácilmente vencen y triunfan del poco ingenio que los pocos años encierran. Mas por que todo el mundo vea el valor de los quilates de la voluntad y la fe con que te quise, en este último trance de mi vida quiero mostrarlo de modo que quede en el mundo por ejemplo, si no de bondad, al menos de simplicidad jamás oída ni vista; y así quiero que se traiga luego aquí un escribano, para hacer de nuevo mi testamento, en el cual manderé doblar la dote a Leonora y le rogaré que depués de mis días, que serán bien breves, disponga su voluntad, pues lo podrá hacer sin fuerza a casarse con aquel mozo, a quien nunca ofendieron las canas deste lastimado viejo; y así verá que, si viviendo, jamás salí un punto de lo que pude pensar ser su gusto, en la muerte hago lo mismo, y quiero que le tenga con el que ella debe de querer tanto. La demás hacienda mandaré a otras obras pías, y a vosotros, señores míos, dejaré con que podáis vivir honradamente lo que de la vida os queda. La venida del escribano sea luego, porque la pasión que tengo me aprieta de manera, que a más andar me va acortando los pasos de la vida.

Esto dicho, le sobrevino un terrible desmayo, y se dejó caer tan junto de Leonora, que se juntaron los rostros: ¡extraño y triste espectáculo para los padres, que a su querida hija y a su amado yerno miraban! No quiso la mala dueña esperar a la reprehensiones que pensó le darían los padres de su señora, y así, se salió del aposento y fue a decir a Loaysa todo lo que pasaba, aconsejándole que luego al punto se fuese de aquella casa, que ella tendría cuidado de avisarle con el negro lo que sucediese, pues ya no había puertas ni llaves que lo impidesen. Admiróse Loaysa con tales nuevas, y tomando el consejo, volvió a vestirse como pobre y fuese a dar cuenta a sus amigos del extraño y nunca visto suceso de sus amores.

En tanto, pues, que los dos estaban transportados, el padre de Leonora envió a llamar a un escribano amigo suyo, el cual vino a tiempo que ya habían vuelto hija y yerno en su acuerdo. Hizo Carrizales su testamento en la manera que había dicho, sin declarar el yerro de Leonora, más de que por buenos respectos le pedía y rogaba se casase, si acaso él muriese, con aquel mancebo que él la había dicho en secreto. Cuando esto oyó Leonora, se arrojó a los pies de su marido y, saltándole el corazón en el pecho, le dijo:

—Vivid vos muchos años, mi señor y mi bien todo, que puesto caso que no estáis obligado a creerme ninguna cosa de las que os dijere, sabed que no os he ofendido sino con el pensamiento.

Y comenzando a disculparse y a contar por extenso la verdad del caso, no pudo mover la lengua, y volvió a desmayarse. Abrazóla así desmayada el lastimado viejo; abrazáronla sus padres; lloraron todos tan amargamente, que obligaron y aun forzaron a que en ellas les acompañase el escribano que hacía el testamento, en el cual dejó de comer a todas las criadas de casa, horras las esclavas y el negro, y a la falsa de Marialonso no le mandó otra cosa que la paga de su salario; más sea lo que fuere, el dolor le apretó de manera, que al seteno día le llevaron a la sepultura.

Quedó Leonora viuda, llorosa y rica; y cuando Loaysa esperaba que cumpliese lo que ya él sabía que su marido en su testamento dejaba mandado, vio que dentro de una semana se entró monja en uno de los más recogidos monasterios de la ciudad. Él, despechado y casi corrido, se pasó a las Indias. Quedaron los padres de Leonora tristísimos, aunque se consolaron con lo que su yerno les había dejado y mandado por su testamento. Las criadas se consolaron con lo mismo, y las esclavas y esclavo, con la libertad; y la malvada de la dueña, pobre y defraudada de todos sus malos pensamientos.

Y yo quedé con el deseo de llegar al fin deste suceso, ejemplo y espejo de lo poco que hay que fiar de llaves, tornos y paredes cuando queda la voluntad libre, y de lo menos que hay que confiar de verdes y pocos años, si les andan al oído exhortaciones destas dueñas de monjil negro y tendido y tocas blancas y luengas. Sólo no sé qué fue la causa que Leonora no puso más ahínco en desculparse y dar a entender a su celoso marido cuán limpia y sin ofensa había quedado en aquel suceso; pero la turbación le ató la lengua, y la priesa que se dio a morir su marido no dio lugar a su disculpa.

Indice